영원한 수업

영원한 수업

나의 아버지에게 배운
경영의 모든 것

성래은 지음

은행나무

이 책을,

많은 고심 끝에 출간을 결심한 이 책을,

세상에서 가장 사랑하고 존경하는 나의 아빠,

성기학 회장님께 마음 깊이 감사를 담아 올린다.

나의 스승, 나의 멘토, 나의 아버지

누구에게나 스승이 있고, 배움에는 끝이 없다고 한다. 닮고
싶은 롤모델도 있다. 나에게는 배움의 모토이자 지향점이며
영원한 스승인 롤모델이 있다. 맨손으로 지금의 노스페이스
코리아와 영원을 만든 성기학 회장님이 바로 그다.

명동에 다시 사람들이 모여들고 있다. 회사 앞은 코로나가
창궐하던 지난 3년간의 출퇴근길과는 확실히 다른 풍경이다.
그렇다고 명동의 명성에 걸맞는 활기까지는 아니다. 그저 조
금 나아지고 있음을 눈으로 확인하는 정도랄까? 명동이 인파
로 가득했던 때에도, 유례 없던 팬데믹으로 모든 것이 멈췄을

때에도, 조금씩 옛 모습을 찾아가는 지금도 나는 이곳 내 일 터로 나온다. 20년 동안 변함없이.

대학 졸업 직후인 2002년, 나는 영원에 입사했다. 열정을 무기로 힘차게 내딛은 이 길을 나는 쉼 없이 거침없이 달려왔고, 지금도 매 순간을 치열하게 살고 있다. 2016년에는 영원무역홀딩스 대표이사가 됐고, 2022년에는 그룹 부회장이 되었다. 전문경영인이 되기까지 20년의 시간은 직책을 나열하는 것처럼 간단하지만은 않았다.

영원에 입사한 이후 20년, 한순간도 긴장을 놓은 적이 없다. 단 한 번도 업무에서 손을 놓은 적도 없다. 컵라면으로 식사를 대신하면서 산더미처럼 쌓인 서류를 검토한 날이 부지기수다. 분 단위로 회의를 하고 밀려드는 결재를 한다. 해외 직원들과 현지 시간에 맞춰 새벽 컨퍼런스 콜을 하는 것도 나의 일상이다.

허먼 멜빌은 소설 《모비딕》에서 이스마엘의 입을 빌려 이렇게 말한다. "세상에서 가장 위험하고 긴 항해를 한 번 끝냈다 하더라도 뒤에는 두 번째 항해가 기다리고 있을 뿐이며, 두 번째 항해를 끝냈다 하더라도 뒤에는 세 번째 항해가, 그

뒤에는 또 다른 항해가 영원히 기다리고 있을 뿐이다."

대표이사가 되고 난 후의 내 마음이 바로 이랬다. 바다 위를 항해하는 선장의 마음. 하나를 끝내면 그다음이 기다리고 있었고, 그 일을 끝내면 또 그다음이 나를 기다리고 있었다. 이렇게 살아온 나의 삶은 앞으로도 계속될 것이다. 영원의 항해는 영원히 계속돼야 하고, 영원은 영원히 발전해야 한다. 그리고 나는 어떤 풍파에도 굴하지 않고 영원호를 목적지까지 이끌어야 하는 선장이다.

직위가 오르고 책임이 커질수록 맡은 임무를 제대로 하려면 더 힘들고 더 어렵다. 작은 실수 하나가 얼마나 큰 결과를 초래하는지 수많은 상황을 직접 경험하고 지켜봤기에 더욱 그렇다. 어디로 가야 하나, 무엇을 어떻게 해야 할까, 판단하고 결정해야 할 고민이 많아질 때 나는 언제나 나의 아버지, 성기학 회장님을 떠올렸다. 지금 이 상황에 성회장님이라면 어떻게 하셨을까, 망설이고 있는 직원에게 어떤 말씀을 해주셨을까, 생각하고 또 생각했다. 회장님은 내게 늘 그런 존재다. 회사 경영에 있어 영원한 스승이고 멘토였다. 스승의 가르침을 따르고 멘토의 조언을 떠올리면 언제나 지혜와 용기를 얻었고 고민이 해결되었다.

내 나이도 이제 오십을 바라본다. 출근하는 엄마와 헤어짐을 아쉬워하던 아이들이 이제는 일하는 엄마를 응원해주는 십 대 청소년이 되었다. 부모가 되면 부모 마음을 안다고 했던가. 아버지, 오늘의 내가 이렇게 있을 수 있는 건 오롯이 아버지 덕분이다. 아버지는 내가 너무 힘들어 주저앉고 싶을 때 내 손을 꼭 붙잡아 일으켜주셨다. 열정과 최선을 다했으나 뜻대로 되지 않아 분함과 억울함에 터져 나오는 눈물을 삼켜야 할 때도 아무 말없이 토닥여주셨다. 하지만 막상 당신은 밖에서 아무리 안 좋은 일이 있어도 집에 들어서면 내색 한 번 하지 않으셨다. 그런 나의 아버지를 나는 누구보다 사랑한다.

책을 쓰기까지 긴 시간 망설였다. 고심 끝에 출간을 결심한 것은 두 가지 이유에서다.

첫 번째는 내가 성기학 회장님께 배운 경영수업을 글로 남기고 싶었기 때문이다. 회장님은 맨손으로 시작해 오늘의 노스페이스 코리아와 영원을 만드셨다. 세계 곳곳에 생산기지를 세웠고, 방글라데시에만 7만 명에 가까운 직원들이 일하고 있다. 무에서 유를 창출해내기까지 회장님은 어떤 길을 걸어오셨을까? 기업을 발전시키고 존경받는 기업인으로서 기업의 사회적 책임을 다하기 위해 회장님은 어떤 노력을 하셨을까? 많은 사람들이 이런 질문을 한다. 성기학 회장님은 스스로 자신을 드러내지 않는 분이다. 그래서 회장님 바로 곁에서 그의 경영 방식을 보고 듣고 배운 한 사람으로서, 그들의 질문에 대한 답을 하면서 공유해야겠다고 생각했다.

두 번째 이유는 임직원과 이해관계자들을 비롯해서 영원을 사랑하는 많은 분과 소통하기 위해서다. 나는 2세 경영인이고, 현재 그룹 부회장이다. 그동안 우리 사회에서 2세 경영인에 대한 시선이 곱지 않음을 누구보다 잘 알고 있다. 나는 그런 불필요한 오해와 편견을 바로잡고 싶다. 어떤 교육을 받았으며 어떻게 자랐고, 어떤 자세와 마음으로 살아왔고 살고 있는지 솔직하게 알리는 일이 필요하다고 판단했다. 나는 영원무역홀딩스 대표이사로서 경영 일선에서 그룹 내외의 원활하고 합리적인 소통을 위해 끊임없이 노력하고자 한다. 또한 성기학 회장님의 창업정신과 경영철학을 계승하고 발전시켜 영원을 전 세계인이 인정하는 영원으로 발전시키고자 노력할 것이다. 이 책은 이런 나의 다짐을 기록하는 작업이기도 했다.

매일 아침 감사 기도로 하루를 시작한다. 그리고 영원을 생각하며 영원을 위해 내가 해야 할 사명을 다짐한다. 영원은 단단하고 든든한 공동체다. 영원의 임직원들은 회사가 어려움에 처할 때마다 서로가 서로에게 생명의 밧줄을 던지고 위로와 격려를 주고받으며 위기를 돌파해왔다. 이런 영원 가족에게 진심으로 감사한다. 인간의 삶은 유한하지만 회사는 영원할 수 있다. 내 삶이 다한 후에도 영원은 영원히 남아 영원한 젊음으로 세상을 풍요롭게 하고 많은 사람들을 행복하게 할 것이라 믿는다.

아빠! 언젠가부터 자연스럽게 아버지로 부르고 있지만, 다시 아빠라고 부르고 싶을 때가 있다. 하지만 내 나이가, 내 위치가 아버지라는 호칭을 쓰게 한다. 쑥스럽지만 여기에서는 아빠로 불러보려고 한다. 바쁜 시간을 쪼개 틈틈이 정리한 이 책을 아빠 책상 위에 몰래 올려놓을 생각이다. "세상에서 제일 사랑하는 아빠. 딸 래은 드림." 이렇게 적은 예쁜 카드와 함께.

2023년 봄.
성래은

차례

3부 영원이 남겨야 할 영원한 유산

마치며

1부

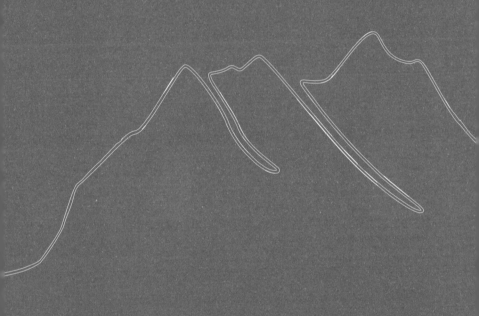

공장집 딸

아빠를 닮은 손

"내 차로 함께 움직이자."

2016년 3월. 영원무역홀딩스 주주총회를 마친 후 임원들과 식사 자리로 이동하기 위해 차를 기다리고 있었다. 옆에 계시던 아버지가 동승을 권하셨다. '따로 하실 말씀이 있나?' 예상치 못했던 아버지 말씀에 부녀가 모처럼 한 차에 동승했다.

"이제 대표이사가 되었는데, 기분이 어떠냐?"

"아직 실감나지 않아요. 긴장되고 두렵습니다."

진심이었다. 기쁘면서도 두려웠다. 예상보다 훨씬 큰 긴장감이 밀려왔다. 나는 그날, 영원의 대표이사가 되었다. 창업자인 아버지만큼 회사를 잘 이끌 수 있을까? 막상 대표이사가 되고 나니 부담이 현실로 다가왔다. 이런 내 마음을 읽으신 걸까? 아버지는 가만히 내 손을 잡아주셨다. 3월이지만 아직 남아있던 겨울 한기와 온몸이 긴장으로 굳어 차가웠던 내 손에 아버지의 온기가 전해졌다.

"주주총회에서 승인을 받았으니 너는 이제 영원무역홀딩스의 정식 대표이사다. 이 자리는 입사 후 지금까지 네가 보여준 영원에 대한 열정과 노력의 결과라고 본다. 주주들과 임직원에게 너의 능력을 인정받은 것이니 축하받을 일이다. 부담과 사명감은 잠시 내려놓고 오늘은 기뻐해도 된다."

그제야 아버지가 왜 함께 차를 타자고 하셨는지 알 것 같았다. 둘만의 공간에서 당부와 용기를 주시려고. 당신이 걸어온 길을 따라가는 딸에게 창업자로서 그리고 아버지로서 격려를 해주신 것이다. 당신 딸이 성실하게 일하고 배워 많은 이들에게 인정받았다는 기쁨이 아버지 얼굴에 고스란히 묻어났다.

"저도 기쁩니다. 기쁘면서도 막중한 책임이 수반되는 자리라 잘할 수 있을지 걱정이 됩니다. 기대에 부응할 수 있도록 최선을 다할게요."

내 말을 다 들으신 아버지는 다시 한번 손을 꼭 잡아주셨다. 마음속을 꽉 채우고 있던 긴장감이 조금은 가라앉는 것 같았다.

어린 시절부터 아버지는 내 손바닥 위에 당신 손바닥을 겹쳐 놓고 허허 웃곤 하셨다. 당신 손을 많이 닮았다고 신기해하며 손을 맞춰보다가 꼭 쥐기도 하셨다. 우리집은 항상 엄마가 운전했는데 가족 나들이를 갈 때면 조수석에 앉은 아버지는 팔을 뒤로 쭉 뻗어 "손!" 하고 말씀하셨다. 세 자매가 동시에 고만고만한 손을 내밀면 아버지는 하나하나 만져보며 누구 손인지 맞추셨다. 그럴 때마다 우리는 '우와!' 하면서 신기해했다.

조금 더 자라서는 쉬는 날 카메라를 정리하는 아버지를 도와 에어펌프로 먼지를 털어내고 선용 천으로 렌즈를 반들반들 닦는 내 손을 보며 항상 말씀하셨다. "우리 래은이 손이 아빠 손이랑 똑같네." 나는 렌즈를 닦다 말고 아버지 손을 물끄러미 바라봤다. '어디가 닮았다는 거지?' 내 손을 한번 쫙 폈다가 오므렸다가 다시 쫙 펴서 이리저리 돌려보면 진짜 아빠 손을 닮은 것 같았다. 사실 여자아이에게 유난히 큰 손은 어린 나이에도 콤플렉스였는데, 그런 내 손이 아빠와 닮았다는 사실만으로 꽤 기분이 좋았다.

주주총회가 있던 날 아버지 손에서 전해진 온기는 아버지의 깊은 사랑과 격려를 느끼게 하는 동시에 말로는 쉽게 표현할 수 없는 자리의 무게를 실감하게 했다. 아버지를 닮은 손으로 나는 앞으로 어떤 일을 해내야 할까? 2세 경영인, 여성 경영인이라는 이유로 편견으로 대하고 한계를 지으려는 사람들에게 나와 회사가 가진 무한한 가능성을 어떻게 보여주어야 할까? 아버지의 따뜻한 손길은 마음속 부담을 가라앉혔지만 동시에 내 앞에 놓인 과제들이 무엇인지 직시할 수 있게 했다. 언제 어떤 식으로 내 앞에 놓인 과제들을 완수해낼 것인가. 나는 어느새 일주일, 한 달, 1년 단위로 빡빡하게 채워진 일정을 머릿속에서 재정비하고 있었다.

영원에서 40년

대표이사가 되고 여러 해가 흘렀다. 그동안 대표이사의 책무를 다하기 위해 정말 열심히 바쁘게 살았다. 그리고 2022년, 영원 가족 송년의 밤 행사에서 20년 근속 상장을 받았다. 2022년 송년 행사는 아버지의 섬유업 진출 50주년, 회사설립 48주년, 나의 입사 20주년이 되는 뜻깊은 자리였다.

20년 근속 상장은 성기학 회장님이 직접 수여하셨다. 회장님은 이런 농담으로 축하 말씀을 시작하셨다. "3시간쯤 전인가요? 성래은 대표가 제게 오더니 오늘 몇 분 동안 말할 거냐고 묻더군요. 그래서 제가 20분 정도로 준비했다고 했죠. 왜 20분이냐면 스케줄에 20분이라고 되어 있었으니까요. 그런데 성 대표가 제게 물은 걸 보니, 식사 전에 오래 얘기하는 거 그리 좋은 건 아니니 좀 일찍 끝내라는 메시지인 것 같아요. 나이가 들면 언제 끝내야 할지를 잘 모르니까 그랬나 봐요."

자리에 모인 임직원들은 왁자하게 웃음을 터뜨렸다.

"오늘 성래은 부회장이 영원에서 20년 됐다는데 사실은 그 보다는 훨씬 더 됩니다. 40년 정도는 됐다고 볼 수 있죠. 성남 공장에 계시는 분들은 잘 아시겠지만, 매일 날 따라서 성남 공장에 다녔거든요. 그러니 공장 경력은 좀 오래된 사람이죠. 사실이 그래요."

행사장은 다시 한번 웃음바다가 되었고, 나도 따라 웃었다.

초등학교 들어가기 전부터 아버지를 따라 공장에 자주 갔던 기억은 내게도 또렷이 남아 있다. 성남 사기막골에 있던 공장. 공장까지 이어지는 작은 골목. 재봉틀 앞에서 일하던 언니들. 충전재인 줄 모르고 눈처럼 하얗고 푹신한 구스 깃털을 조물조물 만지며 신기해했던 기억. 40년도 더 된 일이지만, 내 기억 속에 촘촘히 자리잡고 있는 회사의 옛 모습과 풍경. 영원은 그렇게 나의 삶이 되어갔다.

20년 근속 상장을 받는 자리에서 아버지 말씀을 들으며

2016년 대표이사가 되었을 때의 기쁨과 부담감이 되살아났다. 그리고 문득 내가 간과하고 있었던 사실을 깨달았다. 영원은 내 인생 자체라는 것. 아주 어린 시절부터 아버지 손을 잡고 드나들던, 지금까지 동고동락하면서 내 모든 것을 쏟아부은 내 삶의 전부이고 지금 이 순간 내가 살아가는 이유라는 것.

대표이사는 말 그대로 '대표'이고, 회사의 모든 것을 책임지는 자리다. 주주와 직원의 이익을 극대화하고, 동시에 기업의 사회석 책임을 다해야 하는 막중한 책임과 의무가 있다.

나는 운명론자는 아니지만 사람의 힘으로는 어쩔 수 없는 게 있음을 안다. 하나님의 뜻은 누구도 감히 거역할 수 없다. 무슨 일이든 새로운 일을 시작하는 건 부담이 크다. 두려움이 앞서지만 모든 역경을 딛고 헤쳐 나가야 한다. 피하지 않을 것이다. 그 어떤 역경이나 시련도 능히 극복하고 이겨낼 것이다. 운명의 무게에 휘청거릴 때도 있겠지만 아버지가 새겨준 수많은 지혜와 가르침에 기대어 당당하게 일어나 거침없이 앞으로 달려갈 것이다.

대표라는 자리의 무게

2016년 주주총회를 앞두고 나는 한없이 심란한 상태였다. 교회에서 만난 열살 위 언니에게 답답함을 토로했다. 그녀 역시 2세 경영인이고, 이미 회사에서 대표직을 수행하고 있었다. 사내이사 선임 결정을 하게 되는 주주총회 결과는 알 수 없지만 솔직히 되기를 바라는 마음이 있고 그러면서도 부담이 너무 크다고 털어놓았다. 그 언니는 내게 이런 이야기를 해줬다.

"레은아, 대표의 책임과 사명은 그 자리에 오른 사람이 아니면 상상하지 못할 만큼 훨씬 크고 무거운 자리야. 그 무게가 부담이 되는 건 당연한 거고. 그런 자리가 주어지기 전에 네가 진심으로 그 자리를 원하는지 기도해봐."

기도로 주주총회의 결정이 달라지지 않는다는 점은 언니도 나도 잘 알고 있었다. 언니는 대표이사라는 자리의 무게감과 그에 따르는 책임이 얼마나 큰지 기도를 통해 내가 깨달을 수 있게 알려준 것 같았다.

회사 경영을 위한 아버지의 첫 번째 가르침은 정직이었다. 그리고 순법정신. 기업을 경영하는 사람은 항상 정직해야 하고, 법의 테두리 안에서 회사를 잘 운영하는 것이 장기적으로는 가장 효율적인 경영방법이라고 수시로 강조하셨다.

대표이사가 되어 첫 출근한 날, 나는 책임감을 강하게 느끼면서 가장 먼저 무엇을 챙겨야 할지 살폈다. 컴플라이언스에서 오래 일했기에 전문가 수준의 법률 지식은 있었지만, 대표이사가 챙겨야 할 준법과 제반 규정 등을 다시 점검했다. 법률상, 사내 규정상 대표이사가 반드시 해야 할 일과 해서는 안 되는 일이 무엇인지 숙지하고 되새겼다.

준법경영을 위해 아버지는 회사와 개인을 철저히 구별하셨다. 그리고 회사를 위해 자신은 한없이 희생하셨다.

회사 초창기부터 어머니는 사흘이 멀다 하고 아버지의 출장 가방을 챙기셨다. 아버지는 늘 바쁘셨고 집을 비우는 날이 많았다. 세계 각국을 돌며 국가별 특이점과 상황을 파악하고 거래선을 만들고, 공장이 잘 돌아가고 있는지 직접 발로 뛰며 살피셨다. 일흔을 넘긴 지금도 1년에 반 이상을 그렇게 일하신다.

어릴 적 나는 모든 아빠들이 다 우리 아빠처럼 출장을 자주 다닌다고 생각했다. 출장이 아빠들의 일이라고 생각했던 것 같다. 초등학교에 입학해서 다른 아빠들은 출장을 잘 가지 않는다는 친구들의 말을 듣고 얼마나 놀랐던지. 출장을 가지 않는 직업도 있다는 걸 그때 처음 알았다.

아빠는 출장에서 돌아오실 때 우리 세 자매 선물은 꼭 사 오셨다. 항상 똑같은 걸로 세 개씩. 그래서 우리집에는 똑같은 세 개의 인형, 똑같은 세 개의 학용품이 있었다. 아버지는 왜 나이도 성격도 취향도 다른 세 자매에게 매번 똑같은 선물을 사 오신 걸까? 서로 마음에 드는 걸 갖겠다고 다투는 것도 아닌데 말이다. 어린 마음에 참 궁금했는데, 그때는 여쭤보지 못했지만, 지금은 아버지의 마음이 이해가 된다.

무엇보다 아버지는 시간이 없으셨던 것 같다. 촘촘하게 짜

여진 일정대로 움직이면서 다양한 현안까지 챙겨야 하는 출장길에 누군가를 위해 선물을 고르는 일은 쉽지 않다. 동행이 있을 경우 따로 시간을 빼기도 어렵다. 오로지 '일'이 중심인 출장이 아닌가. 그럼에도 아버지는 세 딸을 생각하며 잠시 시간을 내셨다. 다만 각각의 선물을 고를 시간은 도저히 낼 수 없어서 똑같은 것으로 준비하셨고.

언제였더라, 초등학교 6학년 때였나? 알래스카 출장을 다녀오신 아버지 손에 원주민 인형이 들려 있었다. 아주 독특한 복상을 한 못난이 인형이었다. 내 눈에는 못생긴 게 신경 쓰여 조금이라도 예쁘게 만들어주고 싶어서 가위로 머리카락을 정리했다. 이런 일들의 결말이 늘 그렇듯 인형은 삐쭉삐쭉한 머리로 더 못생겨졌다. 언니와 동생 인형은 멀쩡한데, 내 인형만 그렇게 되니 인형한테 미안해서 "미안해. 미안해. 정말 미안해!" 하면서 엉엉 울었던 기억이 난다. 그 인형은 아직도 우리 집에서 잘 지내고 있다. 인형을 볼 때면 '아버지의 출장 가방에 무슨 선물이 들어 있을까' 기대하던 어린 시절의 내가 떠오른다. 곁에서 미소 지으시던 아버지 모습도 함께.

대표이사에게 '나'는 없다

영원무역이 창립 이후 지금까지 단 한 번도 적자를 내지 않을 수 있었던 건 창업자인 아버지가 회사와 개인을 철저히 구분하고 회사를 위해 자신을 기꺼이 희생한 결과였다. 바쁜 출장길에도 딸들을 위한 선물은 챙기셨지만 자신을 위해서는 그 무엇도 따로 챙기지 않으셨다. 아버지는 일, 오로지 일을 위해 살아오셨고, 당신의 많은 것을 희생하셨다. 시간에 쫓겨 식사도 대충 때우거나 거르신 적도 많다는 걸 나는 안다. 곁에서 안타까워하는 딸에게 늘 자신보다 회사를 강조하셨다.

아버지는 무엇보다 신뢰를 중시했고, 신뢰를 쌓기 위해 약속을 반드시 지키고자 하셨다.

이제 그 인형 앞에, 인형을 사다주시던 그때의 아버지 나이가 된 내가 서 있다. 나는 어떤 리더가 되어야 할까. 내 삶에서 우선순위는 무엇인가. 매일 같은 고민을 하고 답을 찾는다. 나 또한 모든 인간관계에서 가장 중요한 것은 신뢰라고 생각한다. 신뢰가 무너지면 모든 게 무너진다는 아버지의 가르침에 전적으로 공감한다.

함께 일하는 직원, 거래하는 파트너와의 신뢰가 무너지면 모든 게 무너진다. 나부터 챙기려고 하는 순간 나에 대한 신뢰는 흔들릴 수 있다.

'나부터 챙기려고 하는 순간 나에 대한 신뢰가 흔들릴 수 있다.'는 말에 고개를 갸우뚱하는 사람들도 있으리라. 자기만 챙기는 사람은 신뢰할 수 없다는 말에는 쉽게 동의할 수 있다. 하지만 '나부터 챙기는 게 상대와의 신뢰를 흔들 수 있다는 말이 무슨 뜻이지? 타인의 신뢰를 얻기 위해 나보다 남을 먼저 챙기라는 말인가? 내가 있고 나서 남이 있고 그 후에 그 사람과의 신뢰도 생기는 거 아닌가?'라는 의문이 생길 수 있다.

나는 이렇게 답한다. 대표이사에게 '나'는 없다고. 그러니 '챙길' 나도 없다고. 대표이사에게는 없는 '나'이니 그 말 자체가 어불성설(語不成說)이라고. 만일 대표이사가 '나'를 챙기려 한다면, 이는 목숨보다 소중한 신뢰를 잃게 되는 것이라고. 대표이사에게 신뢰보다 중요한 건 없고, 신뢰를 쌓기 위해서라면 기꺼이 '나'는 없는 존재여야 한다고.

다만 신뢰는 한쪽의 노력만으로 지켜지는 게 아니다. 서로 노력해야 발전한다. 모든 관계에서 나는 아버지가 그렇게 하신 것처럼 먼저 양보하고 상대를 더 챙겨주려고 노력한다. 그렇다고 끝없는, 무한한 양보는 불가능하다. 일방적인 것은 관계라고 볼 수 없다. 그리고 모든 관계는 서로 오고가는 것이 어느 정도 균형을 이루어야 신뢰가 유지되고 발전한다.

받는 것을 당연하게 생각하는 사람들이 있다. 고마움을 모르는 사람들이다. 이런 사람들을 마주할 때마다 나는 고마워해야 할 일을 당연하게 여기지 말아야겠다고 다짐한다.

개인보다 조직을 앞세우던 시절은 지났다. 조직 못지않게 개인, 직장생활보다 개인의 사생활을 더 중시하는 사회가 되었음을 느낀다. 이런 시대에 나도 살고 남도 살리고, 직원과 회사 모두를 만족시키면서 발전하고 성장하기 위해 대표이사인 나는 무엇을 어떻게 해야 할지 두루 살피는 일은 나의 주요 업무 중 하나다.

아버지는 자신을 가리고 오로지 영원을 위해 헌신하면서 오늘의 영원을 이루셨다. 신뢰를 목숨처럼 여기고 약속을 지키기 위해 몸과 마음을 모두 쏟아부으신 결과다. 아버지 곁에서 생생하게 보고 배운 이 가르침을 실천하는 것은 영원의 대표이사인 내 몫이 되었다. 내게도 모든 인간관계에서 신뢰보다 우선하는 가치는 없다. 나 또한 약속한 것은 지킨다. 반드시 지킨다. 그리고 준법. 즉 법에 어긋나지 않는 정도경영. 이 또한 아버지가 평생 지켜온 핵심 가치로, 대표이사인 나를 포함한 영원 가족 모두가 반드시 지킬 것이다.

나는 공장집 딸

"너희는 공장집 딸이다." 아버지가 항상 하신 말씀이었다. 공장집 딸이라는 걸 잊지 말아라. 아버지는 공장집 딸이 해야 할 것과 하지 말아야 할 것에 대해 자주 말씀하셨다. 아버지는 딸들에게 이래라저래라 지시하신 일이 거의 없다. 아니 전혀 없다. 한 가지만 빼고. 공장집 딸이라는 걸 반드시 명심하라는 것.

아버지는 어린이 날, 명절 할 것 없이 틈만 나면 우리를 공장에 데려가서 공장 식구들과 함께 어울리게 하셨다. 야유회도 데려가셨고. 내게 공포를 안겨준 미시령 고개와 어린 아이에겐 위험천만이었던 설악산 대청봉까지도.

"넌 공장집 딸이다."

이 말씀은 직원 모두가 한 가족이라는 뜻이다. 아버지는 특히 생산의 중요성을 강조하셨고, 이를 '우리는 공장집'이라는 말로 표현하셨다.

아버지는 늘 공장에 계셨다. 초등학교 5학년 때인가, 어느 날 아버지가 학교에 오셨다. 평소와 달리 허름한 옷차림이셨다. 공장에서 바로 오신 거였다. 나는 그런 아버지의 모습이 영화배우처럼 멋져 보였다. "아빠!" 하고 소리치며 달려가 아빠를 꼭 안았다. 열심히 일하시는 우리 아빠. 때가 묻고 허름한 작업복 차림이었어도 나는 아빠가 정말 자랑스러웠다. 아버지가 민망해하실 정도로 친구들에게 자랑했다.

"울 아빠 공장에서 일하셔. 나 공장집 딸이야."

아버지가 세운 전 세계 생산공장의 직원들은 피부색이 다르고 언어가 다르다. 나라별 경제 수준도 다르다. 하지만 아버지에게 이들 모두는 똑같은 가족이다. 아버지가 늘 말씀하신 '공장집 딸'의 뜻은 우리가 함께하는 모든 사람들에 대한 공감을 최우선으로 삼으라는 가르침이었다. 그리고 회사 경영을 떠나 사회생활을 할 때도 늘 명심해야 하는 지침이 되었다.

사실 공감 능력은 창녕 성씨 집안의 자손이 갖춰야 할 덕목이기도 하다. 6.25전쟁 때 고향 창녕으로 피난을 간 할아버지는 전쟁통에 어렵게 살고 있는 고향 사람들을 보았다. 일본 유학을 하고 서울에서 출판사를 운영하던 할아버지는 그 모습을 바라만 보고 있지 않았다. 마을에 양파 재배 기술을 보급해 빈곤퇴치 운동을 시작했다. 할아버지는 이론이나 말로만 하신 게 아니었다. 똥지게를 지고 나르며 직접 거름을 주고 마을 사람들과 함께 농사를 지었다. 할아버지의 이런 노력으로 창녕에 우리나라 최초의 양파 단지가 조성됐고, 주민들의 생활도 차츰 안정을 찾을 수 있었다.

새마을운동이 시작되기 훨씬 전 일이었다. 할아버지의 이런 모습을 보고 자라며 배운 아버지는 자연스럽게 직원들에게 공감하고 더 나은 희망을 주는 기업을 고민하는 경영인이 되었다. 아버지 딸인 나도 창녕 성씨 자손으로, 공장집 딸로, 함께 일하는 사람들과 공감대를 넓히기 위해 노력하고 있다.

모성애와 기업경영

공장에 가면 근로자들을 직접 만나 그들의 이야기에 귀를 기울이고, 눈을 마주치고, 더 많은 것을 주고받으려고 한다. 서로를 이해하려 하다 보니 볼 때마다 반갑고, 혹시라도 불편한 건 없는지 확인하게 된다. 공장 내 보육시설을 둘러보며 아이들을 만나기도 한다. 부모의 일터 안에 있는 시설에서 엄마아빠를 기다리며 놀고 있는 아이들을 보면 이들과 함께하는 시간이 얼마나 보람되고 고마운지 모른다.

2022년 3월, 내가 졸업한 미국 초우트 로즈메리홀(Choate Rosemary Hall) 고등학교에서 '인터내셔널 우먼스 데이'를 기념하기 위해 사회에서 활발하게 활동하는 여성 동문들의 스토리를 학교 인스타그램에 피처링했었다. 영광스럽게도 쟁쟁한 동문들 사이에서 내 스토리도 다뤄졌다. 다른 동문들은 전문 포토그래퍼가 찍은 듯한 단독 사진이었는데, 내 스토리에는 방글라데시 공장에서 근로자의 아이들과 함께 찍은 사진이 올라갔다. 나는 그 사진이 참 좋다. 사진을 찍던 날이 생생하게 떠오른다. 공장 내 보육시설에 있던 아이들이 활짝 핀 꽃처럼 스스럼 없이 나에게 달려와 와락 안기던 그 기억. 내 손을 만지고 시계를 만지고 잘 알아듣지 못하는 말이지만 종알종알 얘기를 건네던 천사 같은 아이들. 이때 나는 모성애가 기업경영에 중요한 가치관이 될 수도 있겠다는 생각이 들었다.

이런 일도 있었다. 방글라데시에서 현지 임원과 대화를 나누던 중이었다. 누군가 지나가는 말로 영업부서에서 일을 아주 잘하는 직원이 인도로 휴가를 갈 예정이라는 말을 했다. 좀 의아했다. 방글라데시 사람들에게 인도는 단순한 휴가지가 아니었기 때문이다. 방글라데시의 부족한 의료 인프라가 그들을 자주 인도로 가게 했다. 조심스럽게 이유를 물었다.

"아이가 심장병이랍니다. 코로나 시기 동안 움직이질 않아 체중이 많이 늘었나 봐요. 심장 수술을 받으려면 컨디션을 유지해야 하는데 지금 좀 심각한 상태인 듯합니다. 휴가를 내서 인도에 있는 전문 병원에 가보려고 한답니다."

2010년에 태어난 아이라고 했다. 내 아들과 비슷한 나이였다. 대표이사이기 이전에 또래의 아이를 둔 엄마로서 마음이 너무 아팠다. 혹시 부모의 결정에 혼란을 주는 건 아닌가 싶어 한참 고민하다가 한국 의료진 의견을 구해볼 수 있도록 아이 상태에 관한 소견서를 받아줄 수 있겠느냐고 임원을 통해 조심스럽게 물었다.

부천에 위치한 대한민국 대표 심장전문병원의 의료진에게 문의하니 환자를 정밀 검사해야 진단과 처방이 가능하다고 했다. 급한 대로 회사가 도움을 줄 수 있는 일이 무엇인지 찾았다. 당장 인도에 가는 데 필요한 경비라도 지원해주고 싶었다. 본사에서 몇몇 직원들과 협의해 바자회를 열고 모금을 진행하기로 했다. 누구인지는 알리지 않고, 방글라데시 현지 직원의 아픈 아이를 돕기 위한 바자회를 열었다. 그가 누군지 몰라도 동료의 아이가 아프다고 하니 많은 직원들이 적극 참여하고 마음을 나눴다. 그렇게 바자회와 모금을 통해 모은 성금을 직원에게 전달했다. 영상으로 그에게 위로와 격려의 말도 전했다.

"아이가 아파 얼마나 마음이 힘들었어요? 같은 부모로서 나도 정말 안타깝네요. 잘 치료하고 좋은 소식 있기를 기도할 게요. 얼마 되지 않지만 정성을 받아주세요."

그는 울었다. 본인의 힘든 마음을 알아주는 누군가 있다는 게 너무 고맙다고 했다.

"당신에게 우리 영원 가족이 있다는 걸 잊지 마세요. 어려울 때는 함께 헤쳐 나갑시다."

아픔이나 고통을 공감한다는 것, 쉬운 듯하지만 어려운 일이다. 이해하고, 공감해주고, 진심을 다해 응원하는 일. 그렇게 살아야 한다고 생각하지만 저마다 바쁜 일상을 살아내면서 실천하기는 쉽지 않다.

공장집 딸. 아버지는 어려운 사람들의 삶을 많이 경험하고 깊이 이해하고 널리 공감하라고 하셨다. 그러기 위해서는 상대의 입장에서 상대를 이해하려는 마음과 자세를 가지는 것이 중요하다고 가르치셨다. '정말 사람들이 말 한마디에 위로를 받을 수 있을까?' 하는 의문을 가진 적도 있다. 하지만 진짜였다. 누군가의 아픔을 공감하고 그의 손을 진심으로 잡아주는 순간, 단단하게 얼었던 감정들은 사르르 녹아 없어지는 경험을 무수히 했다. 슬픔은 중화되고 기쁨은 몇 배로 커다랗게 부풀었다.

오늘도 공장집 딸은 공장 모든 식구의 행복과 안녕을 소망하며 하루를 시작한다. 우리 공장집, 전 세계 모든 영원 가족이 한 사람도 빠짐없이 환하고 밝게 웃는 하루가 되기를.

내가 있어야 할 자리

2세 경영인의 삶은 걱정 하나 없을 거라고 생각하는 사람들이 있다. 일은 고용한 임원들이 다 하고, 2세 경영인은 아무 일도 안 하면서 놀고 먹는다고 생각하는 사람들도 있다.

어떤 인생이든 꽃길만 펼쳐지는 삶은 없다. 모든 인생이 때론 진흙도 밟고 거센 바람에 휘청이기도 한다. 물론 2세 경영인은 다른 사람에 비해 안온한 울타리 안에서 큰 부침 없이 살아갈 수 있다. 하지만 얻는 게 있으면 잃는 것도 있다. 나 또한 이 자리에 서기까지 포기할 수밖에 없었던 많은 것들이 있었다.

우리집은 어릴 때부터 사업가로서의 사명, 책임에 대한 엄한 가르침이 있었다. 우리 회사와 사업을 잘 되게 하기 위해 애쓰는 모든 분들, 응원해주시는 모든 분들을 위해서라도, 우리 가족이 최선을 다하는 것이 바른 길이라는 걸 새기며 자랐다. 아버지는 무엇을 하라고 강요하신 적은 없다. 다만 아버지의 삶을 통해 자연스럽게 어떻게 살아야 하는지 옆에서 보고 체득했다.

학업을 마친 후의 진로에 대해 아버지와 진지한 의견을 나눈 건 대학 3학년 때였다.

친구들은 대부분 자신의 진로를 다양하게 탐색하고 준비했다. 나 역시 졸업 후 진로에 대해 여러 가지 구상을 했다. 사회학을 계속 공부해 학위를 받고 교수가 될까, 아니면 국제기구에 들어가 세계를 위한 일을 해보는 것은 어떨까. 로스쿨에 들어가 변호사가 되어 대형 로펌에서 국제 변호사로 활동해볼까. 이런저런 구상을 하며 새로운 미래를 그려봤다. 하지만 내 구상 속 길들은 나의 선택지가 될 수 없었다.

회사가 아닌 다른 진로에 대해 말씀드렸을 때 아버지는 조용히 듣기만 하셨다. 해라 마라 별 말 없이 내가 어떤 생각을 하고 있는지, 왜 그런 생각을 하게 됐는지 알고 싶어하시는 듯했다. 하지만 내 의견을 듣기만 하시는 아버지의 표정을 보면서 내게 다른 선택은 존재하지 않는다는 걸 깨달았다.

아버지는 한마디만 말씀하셨다.

"네가 하고 싶은 게 있겠지. 좀 생각해보자."

아버지는 어떤 재촉도, 강요도 하지 않으셨다. 앞으로 가야 할 길에 대한 고민은 계속되었다. 혼자 구상했던 진로는 상상으로 남겨두고 졸업 후 바로 서울로 돌아왔다.

얼마 지나지 않아 아버지는 출근하라고 하셨다. 어떤 생각, 어떤 계획으로 나를 회사로 부르신 건지 잘 알지 못했으나, 부모님의 말씀을 잘 들어왔던 나는 궁금증을 뒤로하고 출근하기 시작했다. 아버지도 다 생각이 있으시겠지 그리고 아버지가 나를 좋은 곳으로 인도하시겠지.

성격상 이왕 시작한 직장생활을 적당히 할 수는 없었다. 학생 때도 그러했듯이 무엇인가 맡겨지면 어떤 일이든 잘해내려고 노력했다. 우선 나를 불편하게 바라보는 직원들에게 그리고 업계 사람들에게도 회장 딸로서가 아니라 회사에 필요한 능력을 갖추려고 최선을 다하는 모습을 보여주려 노력했다.

처음에는 먼저 다가가 스스럼 없이 지내려고 노력했다. 사내 동갑내기들과 친해졌고, 언니라고 불렀던 직원들과도 서로 존중하며 함께 일하는 관계로 돈독해졌다. 한 명 한 명과 가까워지고, 일 하나하나를 대과 없이 처리하면서 나는 영원의 일원이 되어갔다.

입사 초기에는 출근하면 청소부터 시작했다. 책상 정리는 기본이었고, 탕비실에 남겨진 설거지가 있거나 사무실 바닥에 쓰레기가 있으면 그냥 지나치지 않았다. 회사는 모두의 공간이자 내 공간이기도 하니까. 집보다 훨씬 많은 시간을 함께하는 곳이니까.

중국 청도 공장에 갔을 때였다. 바이어가 오기로 해서 며칠 먼저 가 있었는데 공장 청소와 정리 상태가 마음에 걸렸다. '옷도 깨끗한 곳에서 만들어야 입고 싶고, 사는 사람한테도 신뢰를 줄 텐데 너저분한 공장에서 만든 옷을 누가 사고 싶을까' 하는 생각이 들었다.

특히 화장실이 엉망이었다. 나는 미화원 아주머니가 들고 있던 청소도구를 잠깐 빌려도 되겠냐고 영어로 물어보았다. 아주머니는 통역사의 말을 듣더니, 멈칫 하다가 내가 손을 내미니 마지못해 변기 솔과 걸레를 주셨다. 팔을 걷어붙이고 쭈

그려 앉아 변기를 닦기 시작했다. 어디를 닦아야 냄새가 나지 않을지, 어떻게 닦아야 제대로 닦이는지 하나하나 확인하면서 치우고 닦았다.

유난을 떤다고 생각할 수 있다. 하지만 청결은 공장에서 가장 중요한 요소 중 하나라고 생각한다. 까다로운 바이어가 화장실이 지저분해서 사용하지 못하고 몇 시간을 참고 있다면 우리 제품을 제대로 봐줄 리 만무했다.

이후에도 나는 집착으로 보일 정도로 청소에 신경 썼다. 스탠퍼드대학 일본 비즈니스 컬처 수업에서 배운 일본의 카이젠 방식을 실천하고, 영원만의 청소 체크리스트와 안전점검 관련 규정을 만들어 실행에 옮겼다. 지속적이고 연속적인 작업현장 청소와 점검이 작업 안전 확보에 큰 영향을 미친다는 사실은 이미 입증된 바 있다. 전기판 아래 있어야 할 고무매트가 제자리에 없다거나, 소화기가 눈에 띄지 않는다거나, 출입 통로를 짐으로 막아 놓는 건 만에 하나 있을 사고에 그대로 노출된 것이나 다름없다. 쓰레기를 너무 모아 놓진 않았는지, 화학 물품들이 정확하게 라벨링되어 있는지, 화학물질이 눈에 들어갔을 때 처치할 수 있는 아이 워시 스테이션이 있는지, 구급상자 안에 약이 종류별로 잘 구비되어 있는지, 공장에 갈 때마다 틈만 나면 챙겼다. 바이어가 원하는 것보다 한 단계 높은 상태의 청결을 유지하려고 애썼다. 청결한 부엌에서 깨끗하고 맛있는 음식이 나오는 것처럼 깨끗한 공장에서 옷이 잘 만들어진다고 믿었다.

관리감독이 되고 있는 공장과 그렇지 않은 공장은 차이가 컸다. 나는 관리감독하는 일을 도맡아 했다. 하루가 멀다 하고 해외 공장 출장을 다녔다. 현지에 갈 때마다 바이어가 왔을 때 세세한 부분에서 감동받을 수 있도록 모든 면에서 완벽하게 준비하고 있는지부터 챙겼다. 이 또한 아버지가 평상시에 공장의 관리 상태를 챙기시는 모습, 손님맞이를 준비하시는 모습에서 보고 배운 것이다.

대표이사의 하루

시간이 흐르며 조금씩 조금씩 경영의 중심으로 들어왔다. 치열하게 일했고 지금도 그렇게 일하고 있다. 어떤 사람들은 내가 부자 아버지 덕에 일을 취미삼아 하는 것으로 오해하기도 한다. 아버지가 부자인 것은 맞다. 하지만 나에게 일은 취미가 아니다. 나의 하루 일과를 알게 된다면 그런 말은 절대 못할 것이다.

나를 제대로 알지 못하는 사람이 쉽게 나에 대해 규정하는 걸 좋아하지 않는다. 그래서 나도 다른 사람에 대해 쉽게 규정하지 않으려고 노력한다. '그 사람은 이럴 거야, 저럴 거야' 하는 식의 섣부른 판단을 경계한다. 사람을 만날 때면 혹시라도 판단을 흐리게 하는 선입견은 없는지 수시로 되묻는다. 누구에게든 말 한마디라도 실수하지 않으려고 노력한다.

특별히 마음에 담아두는 성경 구절이 있다. 아버지가 늘 하시는 말씀이기도 하다.

"사람들이 너희에게 해주기를 바라는 대로 너희도 그들에게 그와 같이 하라(Do to others as you would have them do to you)."

내가 일을 하는 첫 번째 이유는 나의 경제적 독립과 우리 회사에서 근무하는 수많은 직원들의 생계에 대한 책임 때문이다. 이 이유만으로 매 순간 최선을 다해 열심히 할 수밖에 없다. 영원그룹의 모든 부서, 모든 지역에 걸친 상황을 파악하며 업무에 임하고 있다.

2세 경영인은 적당히 일한다고 오해하는 사람들이 실제 내 업무량을 알고 나면 크게 놀란다. 내 머릿속에는 올해, 상반기, 이달, 이번 주, 오늘 해야 할 일들이 빼곡히 들어와 있다. 오늘 하루는 뭘 해야 하는지, 이번 주에는 어떤 것들을 처리해야 하는지, 이달까지, 상반기 중으로, 올해 안에 반드시 해야 할 일들이 무엇인지 늘 기억하고 그 일정에 맞춰서 일을 한다.

취침은 10시, 기상은 새벽 3시 전이다. 고등학교 때부터 엄청난 양의 과제를 하느라 새벽에 눈을 떴는데 직장인이 된 지금도 여전하다. 아니 조금 더 빨라졌다. 어릴 때부터 몸에 밴 습관 덕분인지 알람이 울리기 전에 저절로 눈이 떠진다.

고요한 새벽, 전날 퇴근하면서 가져온 서류를 전부 펼친다. 출력해온 서류는 다 읽으니 만만치 않은 양이다. 매출 예상 보고, 뉴 비즈니스 아이디어, 회의 내용, 보고서부터 시말서까지 온갖 서류들이 다 있다. 검토가 끝난 서류들은 순서대로 넣어온 종이 봉투에 다시 담는다. 폐기해야 할 서류는 파쇄기에 넣는다. 파쇄기는 우리집에서 가장 많이 사용하는 기계 중 하나다. 며칠에 한 번씩 비워야 할 정도로 가득 찬다.

서류 정리가 끝나면 아이패드를 켜고 이메일로 처리해야 할 것들을 체크한다. 내가 이메일을 수신한 시각을 보고 잠도 안 자고 일을 하느냐고 직원들의 걱정 어린 소리가 있어 요즘은 조금 자제하려고 하지만, 그때뿐이다. 해야 할 일을 뒤로 미룰 수는 없다. 서류와 메일 정리가 끝나면 출근 준비를 한다.

출근은 조금 여유롭게 한다. 직원들보다 한 시간 정도 늦게 출근한다. 대표이사보다 일찍 나와야 한다는 출근 시간 부담을 직원들에게 주고 싶지 않아서다. 출근 전 필요한 일은 전화로 지시한다.

출근 이후에는 회의의 연속이다. 짧게는 15분, 길게는 30분에서 1시간 단위로 회의 일정이 잡혀 있다. 외국 직원들과는 어쩔 수 없이 화상회의를 하지만 가능하면 대면 회의를 하려고 한다. 이메일로 지시하는 것보다 얼굴을 마주하고 충분히 소통하면서 조절해야 좀 더 쉽게 차질 없이 다음 단계로 넘어갈 수 있다. 그렇게 해야 직원들 각자의 업무 스타일을 파악하고 서로 맞출 수 있다.

중간중간 회장님께 보고를 한다. 30분 분량의 보고라면 20분 정도로 정리해 보고하고, 10분은 가벼운 대화 시간을 갖는다. 회장님이 참석할 미팅에 대한 정보를 업데이트하는 것도 내 업무다. 예정된 시간 안에 해야 할 일을 마치고 가능하면 정시에 퇴근한다. 나로 인해 직원들이 퇴근 시간을 신경 쓰지 않도록 하기 위해서다. 퇴근하는 양손에는 또 검토해야 할 서류들을 두둑하게 담은 종이 가방이 들려 있다. 서류는 중요한 순서대로 정리한다(나는 '정리'에 일가견이 있다).

퇴근 후에는 회사에 도움을 주신 분들이나 도움을 주실 분들과 저녁 식사 미팅을 한다. 멘토를 만나 상담하고 조언을 듣는 시간도 갖는다. 귀가하면 9시쯤. 잘 준비를 마치면 10시다. 그리고 다시 2, 3시에 일어나 하루를 시작한다.

　나의 오늘은 어제와 같아 보이지만 내용을 보면 다르다. 새날 새 아침이 되면 새롭게 최선을 다하기 때문이다. 가끔 직원들에게 하루만 나로 살아보겠느냐고 묻는다. 다들 고개를 절레절레 흔든다. 직원들은 피할 수 있다면 피하고 싶다고 할 만큼 무겁고 힘든 자리다. 섬유업은 특히 많은 것에 영향을 받는다. 세계 정세는 물론 국가 간의 관계, 날씨까지 모든 것이 변수로 작용한다. 한순간도 느슨해지면 안 된다.

　내가 남 부러울 것 없는 인생을 살고 있다고 말하는 사람들이 있다. 오히려 나는 그렇게 말하는 사람들이 부럽다. 하루에도 몇 번씩 숨이 턱턱 막힌다. 간절히 기도하면서 가슴을 쓸어내린 적도 많다. 왜 이렇게 살아야 하는지 스스로에게 물은 적도 많다. 이해하기 어렵겠지만, 이렇게 사는 게 바로 내 숙명이다. 지금도 나는 주어진 숙명이 아닌 다양한 선택지를 두고 그 사이를 오가며 도전하고 경험하는 삶이 어떤 건지 궁금하다. 공장집 딸로 태어나지 않았다면, 영원에 들어오지 않았다면 지금 난 어떤 사람이 되어 있을까? 대표이사 업무가 너무 힘들 때면 혼자 상상해보곤 한다.

초등학교 때는 외교관을 꿈꾸었다. 중고등학교 시절에는 가족과 떨어져 공부하는 학생들을 위해 청소년 심리상담 선생님을 해보고 싶었다. 남의 말을 들어주는 사람이 되고 싶었다. 청소년을 보면 안쓰럽고 사랑스러운 마음이 든다. 회사에 들어오지 않았다면 카운슬러가 되었을 가능성이 가장 높다. 남의 얘기를 귀담아 듣도록 어릴 때부터 훈련을 많이 받아서 정말 잘했을 텐데 아쉽다.

가보지 못한 길에 대한 가정은 상상에 불과할 뿐이다. 요즘의 나를 보면 내표이사가 나에게 살 맞는 일인 것 같다. 경주마처럼 한눈 팔지 않고 달리는 것도 천직이다. 일하면서 좋은 사람을 많이 만났고, 바쁘게 사니 힘든 상황에 부딪혀도 삶에 큰 타격을 입지 않는다. 이제 웬만한 일에는 초연해졌다.

솔직히 조금 덜 바빴으면 하는 마음도 있지만 괜찮다. 회사 경영은 여러 사람의 생계를 책임지는 일이고 동시에 국가 발전에 도움이 되는 일이다. 누군가의 인생에 뜻 있게 기여할 수 있는 일이다. 힘들고 고달플 때도 있지만 나는 충분히 의미 있는 삶을 살고 있다. 되었다. 그걸로 되었다.

내가 일하는 순서

미국에서 대학을 졸업하고 한국으로 돌아와 잠시 숨을 돌리니 어느새 가을이었다. 그해 10월, 영원무역에 입사하고 첫 출근을 했다.

내게 주어진 첫 업무는 영어로 된 계약서들을 검토하는 일이었다. 영어를 잘한다 해도 무역업과 계약서에서 쓰이는 용어는 생소한 게 많았다. 다시 학생으로 돌아간 것 같았다. 사전을 찾아보고 공부하면서 일을 처리해나갔다.

직원들 대부분은 친절했다. 물론 나를 조심스럽게 대하는 직원들도 있었다. 거리를 두는 사람도 있었고, 차갑게(또는 지극히 업무적으로) 대하는 사람도 있었다. 부서 분위기는 즐거운 날도 있었고 가끔 냉랭한 날도 있었다. 나는 그저 회사 조직을 처음 경험하는 사회 초년생으로서, 주어진 업무와 조직 생활에 적응하느라 정신이 없었다.

얼마 후 발령이 났다. 컴플라이언스를 담당하는 부서였다. 일찍이 ESG(Environmental, Social and Governance; 기업의 비재무적 요소인 환경, 사회 지배구조를 뜻하는 말. 투자 의사 결정 시 '사회책임투자' 혹은 '지속가능투자'의 관점에서 기업의 재무적 요소들과 함께 고려한다. 기업의 재무적 성과만을 판단하던 전통적 방식과 달리 장기적 관점에서 기업 가치와 지속가능성에 영향을 주는 ESG 등의 비새무적 요소를 충분히 반영해 평가한나)에 대해 고민하셨던 아버지는 윤리경영의 틀을 잡는 일이 시급하며, 이를 구축하는 일을 과제로 삼고 계셨다. 직원들은 아직 그 중요성을 인식하지 못하고 있지만 나를 그 부서로 보내면 관심을 가질 것이라고 판단하신 듯했다.

"래은아, 가서 제대로 일해봐라. 네가 가면 다른 직원들이 내 눈치, 네 눈치가 보여서라도 한 번 더 생각하게 될 테니까."

회사에서 중요하지 않은 부서는 없다. 하지만 제조업체는 생산과 영업, 재무가 핵심 부서임을 부인하는 사람은 없다.

아버지가 나를 생산도 영업도 재무도 아닌 컴플라이언스 부서에 배치하신 이유는 분명했다. 영원의 미래에 대해 긴 설명 대신 행동으로 보여주신 것이다.

새로운 업무가 시작되었다. 대내외 컴플라이언스 업무를 위해 만든 부서에는 사내 불만들이 주로 접수되었다. 공장에 휴지가 자꾸 없어진다는 사소한 문제부터 보고서가 조작된 것 같으니 크로스 체킹을 해달라는 요청까지 다양했다. 대외적으로 당장 해결해야 할 일부터 차근차근 처리해도 정리해야 할 일이 항상 넘쳐났다.

미국에서 공부하면서 주어진 과제를 논리적으로 생각하고 그 해결책을 찾아 최선의 방안을 제시하는 훈련을 많이 받았다. 그러나 현실에서는 이론만으로 해결할 수 없는 생소한 일이 많았다. 이론과 실제 사이에 경험으로 메워야 할 틈새가 존재했다. 새 부서에서는 시작부터 일하는 기쁨이나 성취감을 느낄 틈 없이 바쁘게 지냈다.

학생 때는 하기 싫은 숙제를 최대한 미뤄두곤 했다. 하고 싶은 걸 신나게 먼저 하고 마감 직전에 즐겁지 않은 숙제를 처리했다. 회사생활 초반에는 학생 때 습관대로 했다. 간단히 하고 빨리 끝나는 일을 먼저 처리했다. 그래야 일할 맛도 나고 일이 되는 것 같았다. 생각을 많이 해야 하는 중요한 일은 저절로 뒤로 밀려났다. 그러다 보니 일은 계속 하는데 해야 할 업무는 도무지 줄지 않는 상태가 되었다.

스트레스가 극에 달했고 스트레스를 풀기 위해 물을 마시기 시작했다. 학생 때는 먹고 뛰는 걸로 스트레스를 풀었는데, 회사 안에서는 그럴 시간이나 여유가 없어서 막막하고 답답할 때마다 물을 마셨다. 일이 풀리지 않으면 500ml 생수 몇 통을 한번에 비웠다. 그런다고 일이 줄어들거나 해결되진 않았다.

어느 순간 계속 이렇게 하다가는 중요한 걸 다 놓치는 사람이 될 수도 있겠다는 위기감이 몰려왔다. 잠시 멈추고 고민했다. '회사를 위해 더 중요한 것은 무엇인가?' 아무리 생각해도 중요하지 않은 것은 없었다. 어떤 판단을 내려야 할지 답이 나오지 않았다.

의류 제조업은 딱 떨어지는 답이 있는 일이 아니다. 옷이 뚝딱 만들어지는 것 같지만 수십 번의 공정을 거쳐야 하고 수백 가지 재료가 사용된다. 그만큼 손이 많이 간다. 옷은 단추

하나, 지퍼 하나만 잘못 돼도 완성할 수 없다. 복잡하고 피곤한 업이다. 한 번의 실수로 모든 것이 엉켜버리기 쉬운 일이고, 과정이 아무리 아름다워도 결과가 잘못되면 모든 것이 무용지물이 된다.

이런 복잡한 일을 하면서 스트레스받지 않는 방법은 단 하나, 내가 심플해지는 것이었다. 외부 요인을 바꿀 수 없다면 내가 바뀌어야 했다. 모든 것이 중요하다는 전제 하에 미루는 일 없이 바로바로 처리하는 것. 알아서 해결되길 바라지 않고 미리 체크하고 정리하기로 마음먹었다.

그때부터 나는 더 중요하다고 생각하는 일은 아무리 골치 아픈 일이라도 그 일부터 당겨서 마무리하기 시작했다. 미리 준비하고 보고 또 보고 하면서 일을 한 지 십수 년이 지났다. 이제는 예전보다 물을 덜 마신다. 회의 테이블엔 여전히 생수병이 놓여 있지만 지난 날처럼 수시로 몇 통씩 비우진 않는다.

컴플라이언스 업무를 맡긴 아버지는 별다른 말씀이 없으셨다. 일은 맡은 사람이 알아서 해야 한다는 게 아버지의 원칙이셨으니까.

"네 할아버지도 내게 잔소리 한 번 안 하셨지. 인생은 자기 스스로 개척해야 하는 거야."

아버지가 하나부터 열까지 알려주고 일러주셨다면 나는 여전히 생수 몇 통을 들이키고 있을지 모른다. 모든 것을 처음부터 알아서 해야 하는 과정은 힘들다. 하지만 스스로 터득하는 것이 얼마나 값진 것인지는 이를 극복해본 사람만이 안다.

경영인은 스스로를 지키며 살아야 한다. 회사도, 국가도 보호해주는 시스템이 없다. 스스로 일과 삶의 밸런스를 맞추지 않으면 모든 시간을 일에 잡아먹히기 십상이다. 시간이 갈수록 시간관리가 얼마나 중요한지 깨닫는다. 내게는 해야 할 일이 너무 많다.

"하고 싶은 일은 해야만 하는 일에 우선일 수 없다. 해야만 하는 일을 먼저 하고 그다음 하고 싶은 일을 해라."

아버지의 가르침에 틀린 것은 없다. 영원에 입사해서 몇 번의 '번 아웃'이 왔었다. 그럴 때마다 주위 임원분들과 직원들의 도움을 받았다. 번 아웃이 올 때는 주변에 도움을 청해야 하는 것 역시 스스로 터득한 일이었다.

결정은 혼자 하는 일이다. 하지만 혼자만의 생각이 아닌 중지를 모아 함께 고민한 결과여야 한다. 대표이사는 최종 의사결정권자로 도처에 해결하고 결정해야 할 것들이 많다. 아버지가 내게 진짜 가르쳐주고 싶으셨던 건 시간관리와 동료, 팀워크의 중요성이었다.

주주 이해하기

"경영에 집중해라. 경영진이 해야 할 일은 그것뿐이야."

아버지가 절대 하지 말라는 것이 있다. 주식투자, 특히 데이 트레이딩(Day Trading).

"그래도 우리가 주식회사인데, 주식이 뭔지 알아야 하지 않을까요?"

"경영을 제대로 해서 이익을 남길 생각을 해야지, 주식을 사고팔아 금전적 이득을 보겠다고 하는 건 경영인의 자세가 아니야. 자기가 해야 할 일에 최선을 다하는 게 경영하는 사람의 태도다. 명심해."

아버지의 신념에 대해 잘 알고, 나 역시 같은 생각이지만 궁금했다. 주식이 어떻게 돌아가는지 그래프만으로는 감이 오지 않았다. 직접 투자를 하고 시장에 뛰어들어봐야 시스템을 이해할 수 있을 것 같았다.

주식투자를 해보고 싶었던 가장 큰 이유는 우리 회사의 투자자들을 이해하고 싶은 마음에서였다. 주주 중에는 오랫동안 우리 회사 주식을 보유하신 분들이 많다. 그분들은 왜 긴 시간 동안 영원무역에 투자하고 응원하는 걸까. 그 마음을 알고 싶었다. 장기 투자자도 있지만 하루에도 몇 번씩 주식을 사고파는 주주도 있다. 이런 분들은 무엇을 보고 어떤 이유로 바로 파는 건지 궁금했다.

회사는 주주가 주인이다. 주주는 주주총회를 통해 정관에 규정된 주요 사안을 결정한다. 경영진은 주주 전체의 이익을 위해 주주를 대신해서 회사를 경영한다. 하루에도 몇 번씩 쏟아지는 각종 뉴스와 루머에도 불구하고 임직원을 믿고 성원해주시는 주주들에게 늘 감사한 마음을 잊지 않고 있다.

'주주들께 어떻게 하면 좀 더 나은 결과를 보여드릴까' 하는 고민과 영원에 투자하는 주주의 마음을 이해하고 싶은 마음에 태어나서 처음으로 아버지 말씀을 어기고 몰래 주식을 시작했다.

막상 해보니 상당한 에너지를 써야 하는 매우 피곤한 일이었다. 1년 정도 주식투자를 하면서 주식시장의 생리를 익히고 투자자의 마음을 이해하게 되면서 주식투자를 완전히 접었다. 그때 산 주식들은 보유만 하고 있다. 더는 주식 현황을 들여다보지 않는다. 장기투자자가 된 것이다.

아버지 말씀을 어긴 게 마음에 걸렸지만, 나름 좋은 학습이었다고 생각한다. 투자자의 마음을 이해할 수 있었고, 어떤 투자를 어떻게 해야 하는지 생각도 정립할 수 있었다. 어떤 결정이나 결과에 대해 시장에서 어떻게 반응하고 움직여 수수들에게 영향을 미치는지도 알게 되었다. 시장의 흐름과 투자자들의 바람을 이해하게 되었다고나 할까. 그때의 경험을 바탕으로 회사를 운영하면서 어떻게 하면 주주가치를 제고할 수 있을지에 대해 깊이 고민하고 있다. 열심히 일한 결과가 주주들에게도 혜택이 돌아갈 수 있도록 주주 친화적인 사업 운영을 하려고 더 노력한다.

영원의 주식을 가지고 있으면 밤에 잠이 잘 온다는 주주들의 이야기를 듣는 것이 대표이사로서의 내 바람이다. 영원무역은 저평가된 우량주라는 말을 많이 듣는다. 주가가 항상 회사의 가치를 반영하는 것은 아니지만, 주주 전체의 이익 제고와 기업 가치 제고를 위해 더욱 노력해야겠다는 다짐을 한다.

하루는 아버지와 차를 마시며 대화를 나누는데, 아버지 기분이 유독 좋아 보였다.

"대학 동창이 퇴직금으로 우리 회사 주식에 투자했는데, 투자하길 잘했다고 하더구나. 회사가 성장하는 모습을 보니 마음이 든든하다면서."

"그런 말씀을 들으셨어요? 다행이네요."

"그러니까 래은아, 우리가 계속해서 경영에 충실해야 해. 금액의 많고 적음을 떠나 돈이 중요하지 않은 사람은 없어. 투자한 사람들의 입장을 늘 유념하고 헤아려야 한다."

회사가 발전하고 성장하는 것은 대표이사와 직원들이 한몸이 되어 주어진 일에 최선을 다한 결과다. 투자자를 안심하게 하는 것은 당연한 의무다. 기쁘고 감사한 마음으로 그 책임을 기꺼이 받아들인다.

아버지 그리고 회장님

"회장님, 좋은 아침입니다. 잘 주무셨어요? 오늘 컨디션은 괜찮으시고요?"

출근해서 아버지께 하는 첫 인사는 직원으로 전하는 문안 인사다. 그러고 나서 회장님과 대표이사 업무가 시작된다.

아버지와 딸이 한 회사에서 일하는 건 편안하면서도 불편하고, 낯설면서도 익숙한 일이다. 단, 모드 전환을 잘해야 한다. 관계 전환이 더디면 회사와 집 양쪽에서 불편하고 데면데면해질 수 있다. 일과 가족을 완벽하게 구분하기가 쉽지 않지만 공과 사를 확실히 구분하면서 각자의 역할에 충실하려 한다. 20년 전부터 하나씩 배워가며 가장 최적의 관계 설정을 해낼 수 있었다.

아버지는 사내에서 우리 부녀의 관계 설정을 말과 행동으로 알려주셨다. 회사에서 나를 대하실 때는 철저히 직원이었다. 시기마다 자리마다 각각의 상황에 맞게 업무에 관한 보고에 귀 기울여주셨고, 때로는 엄하게 꾸짖기도 하셨다.

나는 어떤 사안이건 회장님께 허심탄회하게 의견을 말씀드린다. 아버지라서가 아니다. 의견과 소신을 가감 없이 이야기할 수 있는 가정에서 자랐고, 논리적으로 사고하고 토론하는 교육을 받은 결과다. 또한 나를 딸이 아닌 직원으로 대해주신 회장님의 업무 스타일 덕분에 가능한 일이었다.

내가 보는 관점, 내가 아는 사실에 대해 의견을 정확히 말씀드린다. 눈치 보느라 할 이야기를 못하고 조심하는 게 절대로 회사에 도움이 되지 않는다는 걸 아버지는 잘 알고 계신다. 그래서 상사와 직원 모드일 때 내 의견에 귀를 기울이신다. 가끔 내가 모드 전환을 못하고 주말에 일 얘기를 하면 그때는 아버지로 편하게 받아주고 넘기신다.

선순환. 아버지와 나의 관계는 이런 식으로 흐트러짐 없이 좋은(매우 생산적인) 방향으로 흘러가고 있다. 요즘 기업들은 자녀들이 가업을 잇는 걸 꺼리는 곳이 많다고 들었다. 자신에게 맞는 일을 하면서 경제적으로 독립하겠다는 자식들이 늘어난다고 한다. 경영이 힘든 점이 많고, 회사 경영을 하면서 부모자식 관계가 틀어질 가능성이 높기 때문에 자식들이 부모의 요청을 받아들이지 않는다는 것이다. 후계자 수업을 따로 하고 거래처나 자회사에서 먼저 일을 배우도록 하지만 끝까지 하려는 사람은 점점 줄어드는 추세라고 한다.

대학 졸업 후 나는 자연스럽게 영원무역의 가족으로 합류했다. 적성에 맞는 일인지 아닌지 생각하기 전에 아버지 결정에 대한 믿음이 있었다. 가끔 '인생의 두 갈래 길에서 이쪽이 아닌 다른 쪽을 선택했으면 어땠을까' 하는 상상도 해봤지만 별 의미 없는 일이다. 영원무역에 들어와 잘 적응했고, 지금은 영원무역에서 하는 내 일이 나에게 큰 의미가 되었다.

처음에는 생각해보지 않았는데 부모자식이 함께 일하는 건 분명 쉽지 않은 일이다. 모드 전환이 바로 되지 않았던 때에는 아버지에게 받는 스트레스가 없지 않았다. 아니 솔직히 많았다. 그러나 배우는 과정이었고(지금도 배우고 있고), 업무와 연결되어 있었기에 내가 받아들이고 소화해야 하는 게 맞았다. 부모님 집에서 함께 살던 입사 초기에는 회사에서 회장님께 혼나고 집에 와 아버지를 마주하는 게 어색할 때도 있었다. 서로 내색은 하지 않았지만. 시간이 지나면서 일로 인한 감정을 집까지 끌고 오지 않으니 별 일 없이 잘 흘러갔다.

아버지와 나의 관계가 선순환이 된 데는 임직원들의 도움이 컸다. 영원 가족들은 때로는 응원해주고, 때로는 격려해주면서 내가 제자리를 찾을 수 있도록 열심히 도와주었다. 나에게는 회장님께 불려가 같이 혼나고, 어려울 때는 의지가 되어주고, 힘들 때는 같이 슬퍼하고, 기쁜 일에는 함께 즐거워하는 '동지들'이 있다.

얼마 전에는 이런 일이 있었다. 회장님이 칭찬을 많이 해주신 프로젝트였다. 우리끼리 잘 끝났다, 수고했다며 자축도 했다. 그런데 마지막으로 검토나 한번 하려고 살피다가 오류를 발견했다고 프로젝트에 참여한 임원이 전해왔다. 다시 모여 이 사태를 어떻게 수습할지 논의했다.

"저희 실수니까 저희가 회장님께 갈게요."

"마지막 보고는 제가 한 거잖아요. 저도 발견하지 못했으니 제 잘못이에요. 제가 갈게요."

"실무 책임자들이니까 저희가 갈게요. 어차피 좋은 소리 못들을 텐데 굳이 그 자리에 계실 필요 없어요."

"그건 아니죠. 결정은 제가 한 것이니 제가 책임을 지고 야단을 맞아야죠!"

"실수가 있었을 때 수습하는 자리를 피하는 리더십은 없느니만 못하다."

회장님 지론이다.

나도 같은 생각이다. 누군가 책임을 져야 하는 자리에 책임질 사람이 빠진다면 그건 비겁한 짓이다. 결국 모두 함께 회장실에 들어가 실수를 보고하고, 회장님 호통을 '사이 좋게' 공유했다. 실수한 사항을 정확히 보고하고 대처 방안을 말씀드린 후 회장실을 나왔다.

딸은 철저하게 직원으로 대하시는 아버지가 다른 직원들은 아들딸처럼 대하실 때가 있다. 그럴 때는 나도 그 틈에 슬쩍 끼어서 가족인 듯 동료인 듯 회장님과 관계를 쌓고 있다. 이런 게 '처세술'일지도.

만일을 대비한다는 것

영원무역이 방글라데시에 진출한 건 1980년, 지금부터 43년 전 일이다. 단순히 싼 임금이 이유는 아니었다. 그들과 함께 기회를 잡을 수 있다는 아버지의 확신이 있었다. 우리 옷은 만드는 과정이 매우 복잡해서 아직까지 기계가 다 만들어낼 수 없다. 사람 손이 반드시 필요하다. 생산직 노동이 불가피한 제조업은 임금 상승이 제품 가격에 그대로 반영된다. 제품 가격이 오르면 소비자에게 부담이 가중되면서 결국 구매력 하락으로 이어진다. 그래서 임금에 예민하다. 그렇다고 값싼 임금만 쫓는 것도 좋은 전략은 아니다. 어느 나라든 임금은 상승곡선을 그리고 있기에 당장의 임금 수준만 보고 움직이는 건 바람직하지 않다. 방글라데시 진출은 양질의 노동력으로 제품의 품질을 높이고, 일자리를 만들어 그들에게도 안정된 생활을 안겨주는 것이 목표였다. 에티오피아도 그런 이유로 진출했다.

아버지가 에티오피아에 공장을 세우는 일에 대해 내 의견을 물으셨다. 좋은 기회라고 생각했다. 어려서부터 아버지를 따라 전 세계 많은 곳을 다니면서 지구 어디든 서로에 대한 신뢰와 존중이 있으면, 물리적으로 먼 거리를 상쇄해줄 그곳만의 상섬이 있다면 영원과 손잡지 못할 곳은 없다고 믿었다. 이 믿음은 맞았다.

아프리카는 인프라는 척박해도 축복의 땅이었다. 끝이 보이지 않는 대자연의 땅. 그곳에 우리 영원이 많은 사람들에게 일자리를 마련해주고 상생의 기회를 만들었다. 교육을 받지 못해 떠돌던 사람들도 우리 공장에 취직해 안정적인 수입이 생기고 생활이 안정되면 아이들에게 교육도 시킬 수 있게 된다. 교육은 공동체를 발전시키고 그로 인해 사회는 더욱 윤택해진다.

특히 에티오피아는 한국전쟁 때 우리를 도와준 형제의 나라다. 한 행사에서 만난 아프리카 다른 국가 대사님은 에티오피아는 한국전쟁 참전국이라는 이유로 너무 큰 혜택을 받는다며 시샘 아닌 시샘을 한 적도 있다. 어느 날 갑자기 생산성이 오를 것이라 생각하지는 않았다. 차근차근 성장하리라 믿었고 실제 그렇게 되어가고 있다. 에티오피아 공장은 몇 년 전에 이미 흑자로 돌아섰다.

좀 더 자주 에티오피아로 날아가고 싶었지만, 몇 년간 여러 사정과 코로나로 인해 가보지 못했다. 얼마 전 코로나 방역이 완화되면서 다시 외국 출장 일정을 잡기 시작했다. 방글라데시 공장을 들른 후 에티오피아로 향했다. 2016년에 영원은 에티오피아 아디스아바바에 공장을 세웠다. 현재는 840명의 근로자들이 영원 가족으로 일하고 있다.

오랜만에 현지 직원들을 만난다는 설렘이 출장길을 기분 좋게 했다. 도착하니 주재원과 공장 직원들이 공항에 나와 있었다. 어찌나 반갑던지. 공장을 돌아보고 함께 식사하고 바쁘게 출장 일정을 소화했다. 그런데 오랜만의 출장에 들뜬 나머지 한 가지 방심한 것이 있었다. 바로 물이었다.

아버지 출장길을 따라다닌 시간이며, 입사해서 다닌 출장도 얼마나 많은데 이런 실수를 하다니. 사실 다른 것은 문제 없지만 나는 물에는 좀 예민한 편이다. 하지만 출장을 워낙 많이 다니다 보니 어느 순간부터는 별 문제가 되지 않았다. 그래서 괜찮겠거니 했다. 주재원이 권한 물을 사 먹고 그 물로 라면도 끓여 먹었다. 에티오피아에서의 즐거운 기억을 뒤로 하고 두바이를 경유해 미국 동부로 또 다른 일정을 위해 가던 길이었다.

비행기에서부터 배가 아프기 시작했다. 화장실을 계속 늘락거렸지만 새벽 비행이라 피곤해서 그런가 하면서 그냥 넘겼다. 그런데 미국에 노착하자 일성을 소화하기 힘들 성도로 복통이 심해졌다. 그때까지도 식중독일 거라는 생각은 못했다. 호텔 방에서 데굴데굴 구르다가 증상을 검색한 후 식중독이었음을 알았다. 두통약, 감기약, 알러지약, 타미플루까지 챙겼으면서 물갈이를 할 거라는 생각은 전혀 하지 않았다. 꽤 오래 별 일 없었으니 방심했던 것이다.

언젠가부터 아버지와 나는 출장 목적지가 같아도 다른 비행기를 탄다. 혹시 모를 사고를 대비하기 위해서다. 갑자기 예기치 못한 상황이 생기더라도 회사에 미치는 영향을 최소화하려면 책임을 지고 결정을 내릴 의사결정권자가 반드시 있어야 한다.

에디오피아 출장에서 항상 만일에 대비해야 함을 다시 한번 깨달았다. 식중독을 조심해야 한다는 걸 잘 알면서도 방심한 탓에 고생을 했다. 다음부터는 반드시 배탈 약도 챙겨야겠다. 이 고생 덕분에 충무공의 유비무환(有備無患) 정신을 되새겼다.

2부

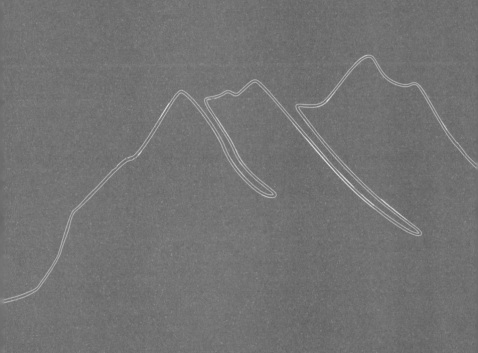

경영보다 앞선 경험

꼬마 심부름꾼

우리가 어릴 때 살던 집은 대문에서 현관까지 계단으로 연결되어 있었다. 언니 동생과 가위바위보를 하며 계단오르기 놀이를 즐겨 했다. 가위를 내서 이기면 계단 하나, 바위를 내서 이기면 계단 둘, 보를 내서 이기면 계단 셋을 올라가는 놀이. 아버지가 가르쳐주신 이 놀이는 아버지 나름의 투자 교육이 아니었나 싶다.

적게 걸고 적게 올라가느냐, 많이 걸고 많이 올라가느냐. 적게 걸고 적게 올라가려는 마음을 이용해서 크게 거는 게 좋을까, 크게 걸고 많이 올라가려는 마음을 이용해서 적게 거는 게 좋을까. 바쁜 아버지를 졸라 계단오르기 놀이를 한 적도 많다. 상대의 심리를 읽으면서 이기는 전략을 세우는 일이 어린 나이에도 무척 재미있었다.

"일은 즐거워야 한다. 미래를 예측하고 상대의 마음을 읽고, 그래서 필요한 준비를 하고 대비를 하면 일은 즐거울 수밖에 없다."

아버지는 매일 다양한 신문을 읽으셨다. 평일에는 출근길에 대문 앞에 놓인 신문을 회사로 가져가셨지만, 주말에는 누군가 계단을 내려가 대문까지 가서 신문을 가져와야 했다. 가위바위보를 하며 계단오르기 놀이를 할 땐 우리를 즐겁게 해주던 계단이 주말에는 멀고 길게 느껴졌다.

"신문 왔나?" 주말 아침은 신문 찾는 아버지 목소리로 시작되었다. 아버지 목소리에 제일 먼저 반응하는 건 나였다. 아버지 목소리가 들리면 후다닥 현관을 나섰다. 어차피 누군가 가져와야 하는 거니 얼른 갔다 와야겠다고 생각하자 몸이 먼저 움직였다. 비가 오나 눈이 오나 춥던 덥던 날씨 불문 주말 아침이면 신문을 집어 들고 계단을 여러 개씩 점프해 뛰어올라오곤 했다.

신문만이 아니다. 아버지 심부름은 언제나 내 담당이었다. 귀도 밝고 동작도 날렵해서 아버지가 찾는 게 있으면 바람같이 움직였다.

나는 엄마의 일손이기도 했다.

아버지는 거래처 손님들에게 술 선물을 자주 하셨는데, 하루는 여러 병을 가져가야 한다고 하셨다. 술이니 그냥 보낼 만도 한데 엄마는 항상 예쁜 종이로 포장하셨다. 똑같은 선물이라도 포장을 한 깃과 안 한 것은 받는 사람의 기분이 다르다고 하시면서. 백화점 선물포장 코너도 없었을 때였지만, 있었다 해도 엄마 솜씨는 따라오지 못했을 것 같다. 성격 급한 아버지는 시간이 없다고 재촉하시는 상황에서 여러 병을 포장해야 하는 엄마를 위해 내가 나섰다. 내 손이 제법 야무진 건지(아니면 그만큼 서둘러야 하셨던 건지) 엄마는 옆에서 내가 거드는 걸 마다하지 않으셨다. 이렇게 난 엄마아빠의 곁에 늘 대기하고 있던 심부름꾼이었다.

영수증으로 배운 공사 구분

무수히 많았던 아버지의 심부름 중에 특히 기억에 남는 건 영수증 분리 작업이다. 주말이면 아버지는 한 주 동안 쓴 비용 영수증을 집으로 가지고 와서 나에게 분류하게 하셨다.

"거기는 개인이라고 쓰고, 이 영수증에는 법인이라고 써."

"이거는요?"

"그건 법인."

"이건요?"

"우리 가족이 썼으니 개인."

법인 카드가 따로 없었던 때라 개인이 지출한 돈은 나중에 따로 분류해야 했던 것 같다. 난 초등학교 저학년 때부터 그 일을 했는데, 처음엔 이게 무슨 말인가 싶어서 여쭸다.

"아빠 법인이 뭐예요?"

"회사라는 뜻이야. 회사 일로 쓴 돈이니까 법인이라고 적어서 이렇게 나눠두는 거야."

아버지는 "회사 돈을 어떤 이유로든 개인 용도로 손대지 마라. 절대로. 회사 돈은 회사를 위해서만 써야 한다."라는 말씀을 수시로 하신다.

회사 돈을 함부로 쓰지 않는 것은 아버지의 철칙이었고, 돈에 관한 공과 사 구분이 철저하셨다. 이런 아버지의 모습을 오랫동안 지켜본 나는 개인 용도와 법인 비용을 엄격하게 구분해 사용한다. 어릴 때부터 이미 몸에 밴, 내게는 너무 당연한 자세다. 주위를 보면 회사 돈을 개인 목적으로, 때로는 자기 돈이 아니라 회사 돈이라는 이유로 흥청망청 쓰는 사람들이 있다. 회사 돈은 법인의 돈이다. 대표이사도 회사 돈은 자기 돈처럼 쓸 수 없다. 절대 그렇게 써서는 안 된다. 이건 법 이전에 상식이다.

많은 사람들이 종종 내게 묻는다. 아버지가 창업한 회사에 들어와 대표이사가 된 지금까지 아버지에게 받은 '경영수업'

중 가장 가슴에 와닿는 가르침이 무엇이냐고. 그럴 때면 조용한 주말 밤 아버지와 영수증을 분류하던 그 시절 이야기를 한다. 아버지 심부름을 하던 시기부터 '체험학습'을 통해 터득한 "회사 돈은 회사 돈, 내 돈은 내 돈"이라는 수업이라고.

아버지를 닮고 싶은 이유

아주 어린 시절부터 내 롤모델은 아버지였다. 아버지처럼 되고 싶었다. '사업가'라는 직업이 아니라 아버지 삶 자체가 존경의 대상이었다. 아버지는 늘 새로운 것을 꿈꾸고 오늘보다 나은 내일을 위해 모든 것을 바쳐 정열적으로 일하셨다. 공과 사를 철저히 구분하고, 피땀 흘려 이룩한 정직한 성취에 기뻐하셨다. 그렇게 번 돈은 사회에 환원하셨다. 난 그런 아버지가 매우 자랑스럽다. 그리고 아버지의 모든 면을 존경한다. 그런 아버지께 인정받고 칭찬 듣는 건 참 신나고 기분 좋은 일이었다.

아버지가 무역을 하시다 보니 어릴 적 우리집에는 자주 외국 바이어 손님들이 오셨다. 식당으로 모시기도 했다. 그럴 때마다 우리 세 자매는 문화사절단이 되었다. 노래를 부르거나 악기 연주를 했다. 언니와 동생은 노래를 꽤 잘했지만 나는 잘 못해서 입만 벙긋거릴 때도 있었다. 그래도 나름 즐겁게 열심히 했다.

바이어를 초대하는 크고 작은 행사가 있을 때면 엄마는 우리 셋에게 예쁜 옷을 입히셨다. 예쁜 옷을 입는 건 정말 좋았지만 말이 통하지 않는 외국 분들 앞에서 노래하는 건 적잖이 쑥스러웠다. 때로는 '왜 우리에게 이런 걸 시키시는 걸까?' 하는 생각도 했다. 그런데 이제 나도 자식을 키우는 엄마가 되어 보니 그 마음을 알 듯하다. 내 딸의 댄스 실력을, 아들의 태권도 시범을 나도 기회가 있을 때마다 여러 사람들에게 마구 보여주고 싶으니까.

당시 어린 내 눈에는 외국 바이어들과 영어로 유창하게 대화를 나누는 아버지 모습이 너무 멋지게 보였다. '역시 우리 아빠야!'

아버지는 성남의 작은 공장에서 시작해서 전 세계 수만 명이 근무하는 글로벌 회사로 영원을 만드셨다. 또한 성공한 기업인이면서 한 가정의 가장으로 당신이 할 수 있는 최선을 다해 살아오셨다. 어린 시절 집에서 봤던 아버지와 어른이 되어 회사에서 만난 아버지는 조금도 다르지 않았다.

영원무역을 이끄는 아버지의 경영철학 중 가장 앞에 있는 건 '경근일신(敬勤日新)' 정신이다. '경근일신'은 창녕 성씨 고택에 있는 경근당과 일신당의 가르침이다. '노동을 존중하고 날마다 새롭게 하라'는 뜻이다. 아버지는 항상 열심히 일하셨고, 매일매일 한결같이 새롭게 일하셨다. 나는 그것을 지켜보면서 자랐다. 지금의 나는 회사의 심부름꾼이라는 마음으로 움직인다. 회사가 필요로 하는 것을 신속하게 처리하고 빠짐없이 챙기며 새로운 것을 발견하려고 노력한다. 어린이 성래은이 그랬듯 집념을 가지고 뭐든 할 수 있다는 각오와 다짐, 그리고 자신감으로.

설악산과 특별한 인연

초등학교 5학년 무렵, 아버지 회사에서 2박 3일로 설악산 등반 야유회를 간 적이 있다. 아버지는 회사 행사에 딸들을 자주 데리고 가셨고 그때도 온 가족이 참여했다. 대학 산악반에서 활동했던 아버지는 서울 근교 산들은 물론 설악산, 지리산, 한라산 등 전국 대부분의 산을 모두 올라본 '산사람'이었다. 그중 설악산은 특히 영원과 인연이 깊다.

아버지가 대학시절 설악산을 등반했을 때의 일이다. 아마 1970년대 초반이었을 것이다. 산에 오르던 중 일본인 등산객과 마주쳤는데 구스다운 재킷을 입고 있었다고 한다. 등산을 한다고 나름 갖춰 입었어도 '기능성'과는 거리가 먼 일반 점퍼를 입고 있던 아버지는 충격을 받으셨다고 한다. 우리나라에는 전문 산악인이 아니면 등산복이라 부를 만한 스포츠웨어가 없었던 시절이었으니 당연했다. 아버지는 산행에서 만난 그 일본인과 친구가 되어 교류를 계속하셨다. 그를 만난 후 아버지는 우리나라도 아름다운 산이 많은 나라이니 언젠가는 저런 기능성 아웃도어 스포츠웨어 시장이 생겨나 크게 커질 수 있겠다고 확신하셨다. 영원을 탄생하게 한 특별한 인연이었다.

아버지의 가르침 중 "다가온 모든 인연을 소중하게 간직하고, 눈에 보이는 모든 것은 의미 없이 흘려 보내지 말라."는 말씀이 있다.

이 가르침은 설악산에서 만난 일본인과 그가 입은 구스다운 재킷에서 경험한 바를 말씀하신 게 아닌가 싶다. 누구나 볼 수 있지만 아무나 의미를 두지 않는 게 있다. 귀인(貴人)도 스치고 지나가면 모르는 사람일 뿐이다. 아버지 말씀은 틀린 게 하나도 없다. 내 삶 곳곳에서 그 말씀은 생생하게 살아 움직인다.

회사 등반 야유회로 설악산에 간 그날은 내가 대청봉에 처음 오른 날이기도 했다. 가보신 분들은 잘 알 것이다. 설악산 입구는 조용하고 친절해 보이지만 오르면 오를수록 결코 만만치 않은 산세가 펼쳐진다는 사실을. 여기저기서 끙끙대는 언니들의 소리가 들려왔다. "다리 아파서 더는 못 가겠어요!" 중간에 포기하고 산 아래로 되돌아가는 사람들도 있었다.

나는 열 살 남짓 어린 나이였지만, 이왕 온 거 아버지를 따라 끝까지 올라가고 싶었다. 힘들긴 했지만 정상에 가까워질수록 달라지는 풍경과 상쾌한 공기가 좋았다. 드문드문 울리는 새소리와 저벅저벅 귀에 박히는 아버지 발소리를 들으며 산에 올랐다. 아버지의 보폭을 따라잡기 위해 속력을 높여 한 발 한 발 걸음을 옮겼다. 아버지 한 걸음, 나 두 걸음, 아버지 한 걸음, 나 두 걸음. 그렇게 난 뒤처지지 않고 아버지 뒤를 바짝 붙어서 따라갔다.

그렇게 오르다 보니 어느새 정상이었다. 함께 올라온 영원 직원들과 아버지 그리고 나까지 대청봉이라고 쓰인 바위 앞에 서서 크게 "야호!" 하고 소리쳤다. 해냈다는 성취감에 어찌나 기분이 좋던지 있는 힘껏 큰 소리로 '야호'를 외쳤다.

아버지는 어른들 사이에서 어린 아이가 꾀부리지 않고 정상까지 올라왔다며 칭찬해주셨다. 어린 딸이 어른도 포기한

코스를 거뜬히 완주했다는 게 기분 좋으셨는지 그날 밤에도 그다음 날에도 아니 꽤 오랫동안 어린 딸의 설악산 완주를 자랑삼아 말씀하시곤 했다.

그해의 설악산은 '성취감'이 어떤 즐거움인지를 내게 진하게 알려줬다. 동시에 '안전'에 대한 경각심을 심어주기도 했다. 아버지에게는 기능성 아웃도어 스포츠웨어에 대한 영감을 준 설악산. 내게는 성취감이 무엇인지 알려준 산. 하지만 위험이 얼마나 무서운 것인지를 적나라하게 경험하게 해준 산이기도 했다.

공포와 두려움이 내게 가르친 것

설악산으로 회사 야유회를 가던 날, 우리는 전세 버스를 타고 강원도로 출발했다. 서울을 벗어나니 시시각각 풍경이 달라졌다. 잠깐잠깐 졸기도 하고 일어나 간식도 먹으면서 풍경 구경을 하는 사이 어둑한 밤이 됐고, 버스는 산길을 오르기 시작했다.

요즘은 고속도로가 생겨 매끈한 직선도로로 속초까지 갈 수 있지만 당시엔 설악산으로 가려면 미시령 고개를 통과해야 했다. 미시령 고개가 어떤 곳인지 알지 못했던 나는 긴 버스가 절벽을 따라 위태롭게 코너를 돌 때마다 간이 쪼그라드는 듯했다. 미시령 고개는 매우 가파르고 구불구불했는데, 대형 버스이다 보니 그 공포가 더했던 것 같다. '아빠도 나도 모두 이대로 죽는 건가? 그런데 아빠는 왜 이렇게 위험한 곳으로 야유회를 가시는 걸까?' 고개를 오르는 버스 안에서 언제라도 깊은 낭떠러지 밑으로 추락할 것 같아 좌석 팔걸이를 꽉 붙잡고 있었던 기억이 난다. 당시에 느낀 공포가 얼마나 끔찍했는지 세월이 꽤 지나고 친구들과 놀이공원에 가도 다들 신나게 타는 롤러코스터나 바이킹은 근처에도 가지 않았다. 지금도 타지 않는다. 절대로.

나는 스릴을 좋아하지 않는다. 번지점프를 하면 속이 뻥 뚫리듯 후련해진다는 사람들도 있는데 나에게는 영 먼 나라 이야기다. 35년 전 미시령 고개를 넘어갈 때 머리카락이 쭈뼛할 정도로 느낀 공포감이 지금도 생생하고 내 인생 자체가 이미 스릴로 가득하기 때문에 더 이상의 스릴은 굳이 찾아다닐 필요가 없다.

잦은 출장으로 비행기를 탈 때마다 그 안에서 느끼는 공포. 크고 작은 기류로 흔들리는 비행기 안에서 "승객 여러분은 좌석으로 돌아가 벨트를 메주시기 바랍니다."라는 안내방송이 나오면 내 심장은 언제나 공포로 쪼그라든다. 비행기 난기류를 예로 들 것도 없다. 지상에서도 회사를 경영하는 일 자체가 하루하루 가슴 졸이는 순간의 연속이다. 그런데 더 무슨 스릴을 바라겠는가?

가지 많은 나무에 바람 잘 날 없다고, 세계 각국에 영원 식구들이 있다 보니 크고 작은 사건 사고가 거의 매일 보고된다. 매일 아침 하루를 시작할 때 오늘도 별 탈 없이 모두 안전하고 무사하기를 간절히 바라지만 세상일이 모두 내 마음 같지는 않다.

입사 후 얼마 되지 않아 내가 맡았던 '컴플라이언스(compliance)' 업무는 회사의 제반 업무가 사내, 사외 규정에 맞게 잘 이행되고 있는지 체크하는 일이었다. 사고를 어떻게 예방하고, 사고 발생 시 내용이 정확하게 보고되고 규정에 맞게 처리되는지 관리 감독하는 것도 중요한 업무였다. 그러다 보니 회사의 안 좋은 소식은 늘 가장 먼저 접하게 되었다.

스마트폰이 없던 시절이라 회사에 오면 가장 먼저 하던 일이 밤새 들어온 이메일 확인 작업이었다. 어느 날인가는 출근했는데 함께 일하는 직원의 표정이 좋지 않았다. 무슨 일 있냐는 내 재촉에 그는 한숨을 쉬며 방글라데시 직원이 출근길에 버스에서 사고를 당해 사망했다고 했다.

1980년대 영원무역이 방글라데시에 진출했을 당시만 해도 방글라데시는 높은 인구밀도와 낙후된 인프라로 수시로 안전 문제가 불거지곤 했다. 처음 방글라데시를 방문했을 때 들었던 주의사항은 달리는 차에서 절대로 창문을 열고 밖을 내다보지 말라는 것이었다. 반대 방향에서 오는 차가 아주 가까이, 그것도 빠른 속력으로 지나가기 때문에 사고가 날 위험이 크다고 했다. 지금도 나는 방글라데시 다카 공항에 도착해 영원의 생산기지로 이동할 때면 차창을 꼭 닫는다. 후텁지근해도 포근한 방글라데시의 공기를 맘껏 느끼고 싶어도 공장에 도착할 때까지 꾹 참는다.

그 직원은 그날 아침 여느 때와 다름없이 일어나 가족들과 아침 인사를 나누고 출근을 서둘렀을 것이다. 그리고 얼마 안 되어 사람들로 가득 찬 버스에서 떠밀려 사고를 당했다. 방글라데시에서 창문 밖으로 얼굴을 내미는 건 절대 안 되는 철칙이고 그도 모를 리 없었겠지만, 그는 그렇게 사고를 당했다.

이런 소식을 들을 때면 너무나 참담하고 허망하다. 갑자기 가장을 잃은 가족은 앞으로 어떻게 살아갈까? 몇 날 며칠 울고 있을 가족들을 생각하니 마음이 너무 아팠다.

코로나가 끝나고 오랜만에 찾았던 에티오피아에서도 가슴 아픈 일이 있었다. 공항에 마중 나온 현지 총무팀장인 아스랏을 보자 반가워 악수를 하려는데 그가 손을 피했다. 당황한 내가 왜 손을 피하냐고 물었더니 붕대 감은 손을 보여 줬다. 많이 다친 건 아닌지 물었다. 그는 별일 아니라는 듯 손마디 하나가 끊어졌다고 했다. 맙소사!

자초지종을 물었다. 우리 공장 일을 마치고 가까운 친척이 운영하는 작은 공장에 일을 도와주러 갔다가 기계에 손가락이 끼는 사고를 당했다고 했다. 봉합은 촌각을 다투는 일인데 열악한 의료 시스템 때문에 제때 치료를 받지 못해 손가락 한 마디를 잃은 것이다.

아버지는 "대표이사의 가장 중요한 책무는 직원들에게 안전한 작업환경을 보장하는 것"이라고 항상 강조하셨다. 내가 아버지의 이 가르침을 따라 영원 가족 모두에게 첫째도 안전, 둘째도 안전, 셋째도 안전, 이렇게 안전을 강조하는 것은 어릴 적 미시령 고개에서의 공포 경험과 안전에 대한 우려에서 비롯된 것이다.

이제는 안전한 직선도로가 생겼지만, 만일 설악산으로 야유회를 가자고 하면 조금 망설일 것 같다. 그날의 공포감이

아직도 생생하게 남아 있으니까. 하지만 빠질 수는 없다. 나는
대표이사이고 직원들의 안전을 최종 책임지는 사람이니까.
반드시 갈 것이다. 설악산을 다시 등반하게 된다면, 어릴 때처
럼 '날렵하게' 대청봉까지 올라갈지는 솔직히 모르겠다. 다만
'성취감'이 무엇인지 가르쳐준 산이니 날쌘 다람쥐처럼은 아
니어도 정상까지 반드시 오를 것이다. 그리고 정상에서 큰 소
리로 외칠 것이다.

"우리 영원 식구 모두 건강하고 행복합시다!"

아버지와 카메라

아버지는 칠순을 넘긴 지금도 쉬지 않고 일을 하신다. 젊은 시절 못지 않다. 아니 젊은 시절보다 더 열심히 일하시는 것 같다. 우리가 어렸을 때는 주말에 가족과 함께 시간을 보내셨는데, 다 성장한 지금은 주말에도 평일처럼 일하신다. 이런 아버지에게 유일한 낙이 있는데, 그건 바로 사진 찍기와 카메라 수집이다.

"기록해라. 기억해라. 기록과 기억이 너의 오늘과 내일을 만든다."

아이들의 어린 시절이 스치듯 지나간다는 걸 젊은 시절의 아버지는 알고 계셨던 것일까? 한 해의 절반은 외국 출장으로 바쁘셨음에도 국내에 계실 때는 주말 시간을 비워 어린 우리와 나들이를 하셨다. 특히 고궁에 자주 갔다. 집과 가깝기도 하고 역사책을 즐겨 읽으셔서 그런 듯하다. 어린 딸들과 고궁에 가서 사진 찍는 걸 좋아하셨다.

도시락을 싸고 돗자리를 준비해 고궁에 도착하면 아버지는 셔터를 누르기 바쁘셨다. 이렇게 서봐라, 저기 앉아봐라 하면서 모델 코치도 해주셨고, 우리가 웃고 떠드는 모습도 카메라에 담으셨다. 며칠 후 필름을 인화해 사진을 보는 재미가 무척 쏠쏠했다. 잘 나온 사진도 있고 우스꽝스러운 표정이 그대로 담긴 사진도 있고, 우리가 미처 보지 못한 풍경을 포착해 낸 사진도 있었다.

아버지는 수학, 물리, 화학 등 이과 과목을 좋아해 공대생을 꿈꾸셨다고 한다. 토목을 전공해 도시 하수도를 건설하는 꿈을 꾸고, 멋진 건축물을 세우는 꿈도 꿨지만, 색약 때문에 공대를 포기하고 무역학과에 입학하셨다. 그런 아버지에게 카메라는 그 자체가 하나의 우주 같은 것이었나 보다. 손바닥만 한 공간에 크고 작은 부품들이 복잡하지만 질서 있게 자리한 카메라. 그 자체로 과학이었다. 게다가 단순한 기계의 매력에서 끝나지 않고 시야를 확장시켜 안목을 길러주는 좋은 스승이기도 했으니 아버지가 평생을 카메라에 빠져 지낼 이유는 충분했다.

학창시절부터 모은 아버지의 카메라는 어느새 수천 대가 넘는다. 일일이 세어 보기에는 벅찬 숫자다. 50년 전에 만들어진 카메라도 있으니 카메라 역사 박물관을 열어도 되지 않을까 싶다. 내가 어렸을 때 이미 방 하나를 차지할 만큼 다양한 카메라가 있었다. 특별한 일정이 없는 주말이면 아버지는 카메라 방에서 긴 시간을 보내셨다. 하나하나 닦고 조이고 정리하셨다. 나는 아버지 곁에 앉아 놀이삼아 에어펌프로 먼지를 털고 렌즈를 닦았다. 지금도 닦는 거 하나는 자신 있는데, 그때도 웬만한 어른만큼 꼼꼼하게 잘 닦는다는 말을 들었다. 아버지가 아끼는 물건이라 더 조심스럽게 다뤘다. 평생 모은 소중한 것들이지만 아버지는 한 번도 만지지 말라고는 안 하셨다. 오히려 자신이 좋아하는 걸 신기한 듯 바라보며 관심을 두는 내 모습을 보고 더 기뻐하셨던 것 같다.

어려서는 단순하게 '아버지는 카메라로 사진 찍는 게 재미있으신가 보다' 생각했다. 그런데 아버지 곁에서 회사 경영을 지켜보다 보니 카메라라는 기계가 사업을 하는 아버지에게 적지 않은 영향을 끼쳤다는 걸 알게 되었다. 아버지가 가진 기술에 대한 예민한 감각과 공학에 대한 관심이 성과로 이어져 빛을 본 사업들이 제법 있다. 아무도 기대하지 않았던 불모지에 대규모 공업단지를 건설하고, 누구도 생각하지 않았던 시대에 이미 친환경 시설을 고려하셨던 아버지. 누구보다 먼저 세상을 읽을 수 있었던 데는 카메라의 영향이 어느 정도 작용했던 듯하다. 사진을 찍고 인화하는 과정을 거치면서 사물, 풍경, 사람을 보는 안목이 깊어져 경영에 큰 힘이 된 것이다.

방글라데시 치타공에 있는 한국수출가공단지는 우리의 손길이 닿기 전 사막에 가까운 황폐한 땅이었다. 그곳에 약 300만 그루의 나무를 심어 푸르게 키워냈고, 빗물을 저장해 늪지를 만들어냈다. 이제 그곳은 아름다운 늪지가 되어 메말랐던 20여 년 전의 모습을 떠올릴 수 없게 되었다. 전력 수급이 불안정한 그곳에 태양광 발전 시설을 설치해 에너지를 자체 생산하고 있다.

어느 기업인이 이렇게까지 내다볼 수 있을까? 방글라데시 출장을 갈 때마다 나는 아버지가 일궈놓은 푸른 공간에 서서 아름다운 풍경과 열심히 일하고 있는 영원무역 가족들의 모습을 찍는다. 카메라를 통해 아버지가 받는 영감처럼 혹시 내가 놓친 건 없는지 세세히 관찰하고 파악하기 위해 스마트폰 카메라 버튼을 누른다. 어려서는 아버지를 이해하고 싶어서 카메라를 배웠으면 했는데, 이상하게도 카메라와 연이 닿지 않았다. 대신 다양한 예술을 접하며 아버지의 안목을 따라가려고 애쓰고 있다. 더 늦기 전에 카메라에 관해 공부하고 싶다. 내게 그럴 여유가 생길지 모르겠지만.

두 번의 올림픽, 관객에서 파트너로

1988년은 대한민국에서 첫 올림픽이 열린 해다. 전 세계인의 축제가 대한민국 수도 서울에서 열렸다. 온 나라가 들썩였다. 우리 가족도 예외는 아니었다. 함께 개막식 생중계를 봤고, 올림픽 기간 내내 TV 화면은 다양한 경기 중계에 맞춰져 있었다.

어느 주말이었다. 올림픽 경기를 보면서 저녁 식사 중이었는데, 아버지가 폐막식에 갈 거라고 하셨다. 우리는 "진짜요? 정말 가는 거에요?"라고 되물으며 신이 나서 호들갑을 떨었다. 아버지의 그 '선언' 이후 매일 즐겨보던 올림픽 경기 중계는 오히려 뒷전이 되었다. '와우! 폐막식이라니!' 호돌이 호순

이도 만나고, 코리아나가 나와 '손에 손잡고'도 부르겠지? 굴렁쇠 소년이 폐막식에도 나오려나? 어린 가슴은 연일 콩닥콩닥 뛰었다.

폐막식까지 기다리는 시간이 얼마나 길게 느껴졌는지. 기다리면 오히려 더 시간이 안 간다는 말이 맞는 것 같았다. 마침내 폐막식 당일이 되었다. 우리는 아침부터 흥분을 감추지 못했다. 아버지는 서울 시내 차도 많을 테니 일찍 가야 한다며 서두르셨다. 엄마는 우리 세 자매를 예쁘게 꾸며 주셨다. 그렇게 꽃단장을 마치고 집을 나서려는데 아버지 표정이 갑자기 어두워졌다. 폐막식 티켓이 어디 있는지 도무지 못 찾겠다고 하셨다.

순간 그 자리에 얼어붙어 멍하니 서 있었다. 이날을 얼마나 기다렸는데, 말도 안 돼. 엄마는 어디에 흘린 게 아닌지 잘 기억해보라고 하셨지만 아버지는 영 기억이 나지 않는다며 난감해하셨다.

"어렵게 구한 티켓이라 분명히 집에 가지고 왔는데…."

"그럼 집에 있겠네. 제가 찾아볼게요."

집념의 어린이였던 나는 그때부터 집안 구석구석을 뒤지기 시작했다. 평소 아버지 심부름을 자주 해서 아버지 물건이 있을 만한 곳을 잘 알고 있었다. 아버지가 중요한 것을 넣어두실 만한 곳을 여기저기 들춰보고 열어봤다. 엄마와 언니, 동생도 곳곳을 살폈다. 하지만 아무리 찾아도 나오지 않았다.

슬슬 지치고 포기하려 할 때 문득 거실의 낮은 탁자가 내 눈에 들어왔다. 양쪽에 서랍이 있는 탁자였다. 그 서랍은 TV리모컨, 동전, 손톱깎이 등 집안의 온갖 잡동사니들을 넣어두는 공간이었다. 그래서 그 서랍을 열면 마치 마술처럼 필요한 물건들이 있었고, 잃어버렸던 물건들이 모여 있기도 했다. 하지만 어쩐지 중요한 물건은 절대 넣어 두지 않을 것 같은, 그냥 탁자 양 옆에 붙어 있는 서랍이었다.

설마 저 서랍 속에 티켓이 있을까 싶었지만, 혹시나 하면서 서랍을 열었다. 가족들은 이미 거의 포기한 듯한 얼굴을 하고 있었다. 모두 기다려, 내가 꼭 찾아줄게. 기필코 찾아내리라 마음먹은 나는 서랍 하나하나를 꼼꼼히 수색하기 시작했다. 결국 서랍 속 서류들 사이에 끼어 있던 낯선 봉투를 발견했다. 폐막식 티켓을 본 적은 없지만 어쩐지 그 봉투 속에 아주 중요한 게 들어있을 것 같았다.

"아빠, 혹시 이거 아니에요?"

"맞다! 맞아!"

그렇게 티켓을 찾은 우리 가족은 예정대로 올림픽 폐막식에 들어갈 수 있었다. '집념의 소녀' 래은이 덕분에 폐막식에 갈 수 있었던 이야기는 오랫동안 아버지의 즐거운 에피소드가 되었다.

2018년 영원은 평창 동계올림픽대회 및 동계패럴림픽대회의 스포츠의류 부문 공식 파트너로 함께했다. 두 동계올림픽 행사를 치르는 자리에서 나는 1988년 서울올림픽 폐막식 때의 기억이 떠올랐다. 티켓을 찾지 못해 발을 동동 구르던 기억도 그렇지만, 폐막식을 보며 느꼈던 벅찬 감동이 떠올랐다. 폭죽이 터지고 화려한 공연이 펼쳐지던 그날의 기억. 마치 다른 세계에 와있는 것 같던 폐막식. 이제 우리나라도 전 세계인의 주목을 받는 대단한 나라로 우뚝 섰다는 자부심이 어린 가슴에 끓어올랐다.

30년이 흘러 이번엔 동계올림픽을 개최하게 된 대한민국. 그 자리에 영원이 공식 파트너로 함께하게 된 건 가슴 벅찬 일이었다. 나는 손에 불이 나도록 박수를 쳤고 크게 환호했다. 대한민국 국가대표 선수들이 영원이 만든 옷을 입고 전 세계

선수들과 경쟁하는 모습이 너무나도 감격스러웠다.

아버지는 어떠셨을까. 영원이 만든 팀코리아 공식 단복을
입은 대한민국 국가대표 선수들이 태극기를 휘날리며 위풍
당당하게 경기장으로 입장하는 모습을 보며 어떤 생각을 하
셨을까.

직접 여쭤보지는 않았다. 말로는 도저히 표현할 수 없는 감
정이 있음을 알고 있었기 때문이다. 그날 나는 아버지 눈가가
촉촉히 젖어드는 것을 보았다. 아버지는 부인하시겠지만, 그
것은 분명 눈물이었다. 창업자가 보인 격한 감동의 눈물. 역경
에 굴하지 않고 대한민국이 세계무대에 당당하게 선 것처럼,
당신의 회사도 온갖 풍파를 이겨내면서 이제 자타가 공인하
는 글로벌 기업으로 만들어냈다는 성취감. 내가 본 아버지의
눈물은 바로 그것이었다.

끈질기게 올림픽 폐막식 티켓을 찾아낸 어린 아이는 어느
새 어른이 되었고, 지금은 대한민국 국가대표가 입는 옷을 만
드는 사람으로 매 순간 영원의 발전을 위해 고군분투하고 있
다. 눈과 귀를 활짝 열고 재빠르게 움직이면서 아이디어를 찾
고 결정을 내린다. 밤낮이 따로 없다. 나 또한 언젠가 아버지

를 울컥하게 만든 감격의 성취감을 진하게 느끼고 싶다. 아버지 눈가에 글썽이던 감격의 눈물이 내 눈에도 맺히는 날을 맞이하고 싶다.

도랑을 건너는 법

자그마한 담요, 며칠 버틸 수 있는 먹을 거리, 초콜릿, 사탕, 물, 반창고, 갈아입을 옷 한 벌, 속옷, 점퍼, 양말 한 켤레, 부모님 주민번호와 본적지, 집 주소, 가족사진. 생존에 필요한 최소한의 것들을 야무지게 담은 배낭은 동생을 위한 것이었다.

"만약에 전쟁이 나면 피난 갈 때 꼭 이 가방을 메고 가야 해. 알겠지? 언니는 유학 가고 없으니까 이제 네가 알아서 해야 하는 거야. 알았어?"

중학교 2학년으로 진학한 1992년, 미국 유학을 앞둔 나에게 가장 큰 걱정은 내가 없는 동안 우리나라에 전쟁이 나는 것이었다. 북한 핵 문제가 연일 뉴스가 되는 상황이어서 그랬는지 전쟁에 대한 두려움과 공포를 느꼈다. 멀리 타국으로 떠나야 하는데 남아 있는 가족 걱정이 컸다. 나도 아직 어렸는데 말이다. 특히 동생이 걱정이었다. 세 살 아래인 동생이 제대로 피난 보따리를 쌀 수 있을 것 같지 않았다. 그래서 유학 가방을 챙기는 틈틈이 동생의 피난 가방을 준비했다.

"여기 이 수첩에 엄마아빠 주민등록번호 적어 놨어. 이거 잘 챙기고, 혹시라도 엄마아빠랑 헤어지게 되면 여기, 지도 보이지? 여기서 만나는 거야. 알겠지?"

뭐든 미리미리 준비하는 성격이라 그랬다. 아무리 그래도 피난 가방까지는 좀 지나쳤다 싶다. 그런데 요즘도 내 가방은 보부상이나 산타클로스 할아버지 가방 같다. 안에 없는 게 없다. 아버지와 함께 출장을 갈 때는 아버지가 찾으시는 게 있으면 무엇이든 '짠!' 하고 꺼내 드린다. '손톱깎이!' 하면 손톱깎이가, '반창고!' 하면 반창고가 나온다.

유학을 떠나며 전쟁 걱정에 동생 피난 가방까지 쌌던 나는 지금도 일어날 가능성이 매우 낮은 일조차 미리미리 대비한다. 부정적으로 생각하는 게 아니다. 일어날 수 있는 모든 가능성에 철저히 대비하려는 것일 뿐.

모든 일에 플랜B까지 마련하려 애쓰는 나를 지켜보신 아버지는 종종 이런 말씀을 하셨다. "일어나지도 않은 일에 너무 고민하지 마라. 걱정은 가불해서 쓰는 게 아니다."

이 말씀은 입사 후 20년 동안 더 많이 듣게 되었다. 하지만 잘 고쳐지지 않는다. 내 성격이 그렇다. 대표이사가 된 이후에는 오히려 더 심해진 것 같다. 회사에서 일어나는 일들을 유심히 살피다 보면 어떤 패턴이 반복되는 게 보인다. 분명 저렇게 하다가는 잘못될 것 같은데 싶은 것들은 예상을 벗어나지 않았다. 이런 경험을 하다 보니 나중에 패닉에 빠지지 않도록 미리미리 생각하고 계획하고 준비하는 게 반드시 필요하다는 생각을 한다. 그렇게 예측하고 대비해서 임직원들과 공유하는 것이 회사의 미래를 위해 내가 해야 할 역할이라고 믿는다. 영원무역의 지속 가능한 미래는 그냥 가만히 있는다고 만들어지는 것이 아니기에 그렇다.

일어나지도 않은 일에 너무 미리 고민하지 말라는 아버지의 말씀이 어떤 의미인지 잘 안다. 일어나지 않은 일에 지나치게 몰두해 현재를 놓쳐서는 안 된다는 뜻이리라. 그런 아버지도 나와 크게 다른 것 같지는 않다. 난 안다. 아주 잘 안다. 아버지는 매 순간을 스트레스와 함께 살아오셨다. 안팎에서

다가오는 강한 압박과 부담을 견디며 살아오셨다. 영원이 지난 49년 동안 단 한 번도 적자를 내지 않은 신화는 그냥 쉽게 이루어진 게 아니다.

많은 사람들이 묻는다. 도대체 적자를 내지 않은 경영 비결이 무엇이냐고. 아버지는 이렇게 대답하셨다.

"크던 작던 어떤 도랑에도 절대 빠질 수 없다는 각오로 도랑을 뛰어넘을 준비를 항상 해라. 그것도 넉넉하게. 그 아래 어떤 오물이 있을지 모르는 도랑에 빠지는 건 게으른 바보나 하는 짓이다. 사력을 다해라. 사력을 다했다고 죽은 사람 못 봤다."

지금 나는 1992년 여름 유학 가방 옆에 동생의 피난 가방을 싸던 심정으로 일하고 있다. 아버지처럼 도처에 도사리고 있을 어떤 도랑이든 넉넉하게 뛰어넘을 수 있도록, 사력을 다해 미래를 대비하고 있다.

세상을 향한 첫걸음

초등학교에 다니는 동안 유학에 관해서는 상상도 해보지 않았다. 그런데 언니가 유학을 가자, 나도 가보고 싶어졌다.

아주 어릴 때부터 아버지의 외국 손님들을 자주 보고 만나면서 자랐기에 외국인에 대한 두려움은 없었다. 그러는 사이에 나도 아버지처럼 세계를 무대로 일해보고 싶다는 작은 소망을 품기 시작했다. 다양한 국적의 아이들과 친구가 되어 더 넓은 세계를 경험하며 공부할 기회가 있으면 좋겠다는 생각을 했던 것 같다.

문제는 영어였다. 초등학교에 다니면서 별다른 영어교육을 받지 않았기에 걱정이 되었다. 당시 우리나라 교육과정에 영어는 중학교부터 교과목에 들어 있었다.

영어 때문에 고민하던 내게 용기를 주신 건 아버지였다.

"언어는 너처럼 어린 나이에 접하게 되면 어렵지 않게 따라 잡을 수 있어. 부딪히면 할 수 있고. 넌 뭐든 할 수 있어."

지금 생각해보면, 아버지는 '결정'이 아닌 '결단'을 하신 듯 하다. 초등학교를 갓 졸업한, 영어를 거의 할 줄 모르는 어린 딸을 멀리 미국으로 유학 보낸다는 건 어느 부모라도 쉬운 결정이 아니다. 그런데 아버지는 딸 셋을 초등학교 졸업하고 중학교 생활에 적응할 즈음 미국 유학을 보내셨다. 미국에 친척이 있는 것도 아니었지만, 그렇다 하더라도 어린 딸들을 먼 타지로 비행기에 태워 보내는 심정이 어떠셨을까? 우리 앞에서는 애써 웃음 지으며 격려해주셨지만 자식들 걱정에 한시도 맘 편히 주무시지 못했을 것 같다.

아버지는 결단을 내리셨다. 지금까지 그 이유를 여쭤보지 않았다. 나는 아버지를 안다. 당신 자식을 강하게 키우겠다는 의지. 부모와 가정이라는 보호막을 벗어나 세상의 험한 역경을 스스로 극복하면서 그것이 무엇이든 자기 힘으로 이겨낼 수 있는 자생력을 갖도록 하겠다는 아버지의 강한 의지가 아버지를 움직였다.

유학을 떠나기 몇 달 전부터 나는 밤을 새워가며 영어 공부를 했다. 영어 단어 100개씩 적혀있던 누런 종이가 떠오른다. 매일 열 장 이상 달달 외웠다. 그렇게 단어만 급하게 익히고 떠나 여름학기부터 유학생활을 시작했다. '서머스쿨'이라 불리는 여름학기는 정규학기를 시작하기 전, 주로 나 같은 외국인을 위한 영어 수업이었다.

언니가 다니고 있는 페이스쿨(FAY School)에 원서를 냈다. 입학 허가서가 도착했고 그제야 진짜 집을 떠난다는 실감이 났다. 자려고 누우면 걱정이 머릿속을 가득 채웠다. 소공녀 세라가 떠올랐다.

회색 벽돌 건물의 딱딱한 분위기, 뾰족한 지붕, 어둡고 썰렁했던 지붕 아래 있는 하녀의 방, 세라를 괴롭히던 얄미운 친구들과 엄격하고 차가운 교장선생님. 생각하면 할수록 엄마 아빠를 떠나서 잘 지낼 수 있을지 걱정이 커졌다. 아버지는 모르신다. 출국일자가 다가오면서 내가 얼마나 울었는지를. 엄마아빠가 걱정하실까봐 소리내지 않으면서 베개가 흠뻑 젖도록 울다 잠들었다. 내게 벌어질 큰 변화를 앞두고 별의별 상상과 공상을 했다.

처음 만난 학교는 우리나라 학교와 모든 것이 달랐다. 무엇보다 울타리로 사방이 막혀 있는 우리나라 학교와 달리 바깥과 안의 경계가 없었다. 개방된 공간인데도 뭔지 모를 무거운 긴장감이 느껴졌다.

표지판을 따라 첫 번째 건물에 들어갔다. 식당이었는데 그곳에서 입학 수속을 했다. 수속을 마치고 둘러본 학교 시설과 구조는 모든 게 새로웠다. 입학 수속이 끝난 후 다짐했다. 내 앞에 닥칠 어떤 어려움도 반드시 극복하고 이겨내겠다고.

함께 서머스쿨 수업을 듣는 친구들은 거의 모두 영어가 모국어가 아닌 나라의 아이들이었다. 대만, 태국, 일본, 사우디아라비아, 중남미 등 다양한 나라에서 왔다. 친구들 얼굴을 고루 살피고 고개를 돌려 전체 공간을 둘러봤다. 이곳이 앞으로 내가 매일 생활하고 공부해야 할 곳이다. 스스로에게 단단히 일렀다. '래은아. 어디에 무엇이 있는지 잘 기억해둬. 넌 뭐든 잘 해낼 수 있어!'

학교에서의 첫날 밤 모습이 지금도 생생하다. 책상 하나, 침대 하나, 작은 장과 서랍 하나. 다음 날 입을 옷을 꺼내 놓고 방 정리를 마치고 딱딱한 매트리스에 누웠을 때 밀려오던 냄새가 떠오른다. 단정하고 깔끔한 기숙사 방에 깔린 카펫에서 오랜 세월의 냄새와 세제 특유의 냄새가 섞여 묘한 냄새가 올라왔다. 새로운 공간에 누워 처음 맡는 냄새를 느끼며 마음을 다잡았다. '내일부터 수업이야, 정신 바짝 차리자!'

다음 날부터 페이스쿨에서의 생활이 시작되었다. 알람이 울리기 전에 눈을 떴다. 긴장했기 때문이기도 하지만, 나는 한국에서도 항상 알람보다 먼저 일어나는 습관이 있었다. 아침 식사를 마치고 교실에 들어섰다. 그런데 선생님 말씀이 하나도 들리지 않았다. 일어나라는 말이구나, 앉으라는 말이구나, 선생님의 표정과 몸짓에 집중해 눈치로 수업 시간을 보냈다.

운동 시간도 있었다. 미국 학교는 함께하는 운동을 매우 중요하게 여긴다. 수영이나 달리기처럼 혼자 하는 운동이 아닌 축구나 농구처럼 팀워크가 필요한 운동 말이다. 이런 운동에 익숙하지 않은 나는 운동 시간마다 주눅이 들었다.

밥을 먹고 영어를 배우고 아이들과 교류하고 기숙사에서 자는, 똑같은 일과가 반복되었다. 엄마아빠가 보고 싶지 않았느냐고? 나도 그럴 줄 알았다. 그런데 빡빡하게 돌아가는 일정에 적응하느라 엄마아빠를 그리워할 틈이 없었다. 밤에는 그날의 피곤함에 절어 눕자마자 바로 곯아떨어졌다.

잘 모르는 건 언니에게 물었다. 하지만 쉽지 않았다. 같은 학교에 있었어도 학년이 다르고 시간표가 달라서 항상 만날 수 있는 건 아니었다.

매주 금요일에는 학생들을 다 모아 놓은 자리에서 선생님이 주말 일정을 알려주셨다. 이번 주는 어떤 체험이 있고, 이전 체험과 무엇이 다른지 알려주었는데, 선생님의 설명은 항상 길었다. 어느 금요일, 평소처럼 선생님이 주말 일정을 알려주시는데 마침 가까이 있는 언니에게 작은 목소리로 물어보았다.

"언니, 선생님이 지금 뭐라고 했어? 주말에 뭐 한다는 얘기야?"

그런데 선생님이 갑자기 내 이름을 부르더니, 둘이 한국어로 얘기하지 말고 당신에게 집중하라며 엄한 얼굴로 꾸짖으셨다.

미국에 와서 처음으로 울었다. 물론 혼자 있을 때. 행여 누구한테 들킬까봐 소리 죽여 울었다. 엄마아빠를 떠나 유학을 온 뒤 매 순간순간이 스트레스였는데, 언니한테 도움을 청한 걸로 혼이 나자 그동안 쌓인 스트레스가 폭발했던 것이다. 한국에서 중학생이면, 특히 사춘기 여학생은 크게 잘못하지 않는 이상 많은 사람 앞에서 야단맞는 경우는 별로 없다. 그런데 멀리 타지에 와서 영어를 잘 못한다는 이유로 외계인이 된 듯한 기분이 들었다. 남이 하는 말을 알아듣지 못하고, 내 의견을 똑바로 표현할 줄도 모르니 답답하기가 이루 말할 수 없었다. 그뿐 아니었다. 누구와 밥을 먹어야 하나, 어떻게 하면 외톨이가 되지 않도록 행동해야 하나 등등 모두 다 보통 스트레스가 아니었다.

그런 내게 유일한 즐거움은 하루 일과를 마친 후 붐박스에서 흘러 나오는 서태지의 노래를 듣는 일이었다. 서태지 1집 가세트 테이프가 늘어실 성도까지 들었을 때쯤 나를 괴롭히던 외로움은 조금씩 옅어졌다. 시간이 지나면서 귀가 뚫리고 입이 열렸다. 내 의견을 영어로 전할 수 있게 된 것이다. 귀가 뚫리고 입이 열리기까지 그해 여름 나의 모든 시간이 투자되었다. 그렇게 조금씩 새로운 세상에 적응해나갔다. "난 알아요, 이 밤이 흐르고 흐르면⋯."

나를 성장시킨 여름

8학년을 다니고 9학년에 올라가자 성적이 눈에 띄게 좋아졌다. 8학년 내내 열심히 공부에 매달린 덕분이었다. 우선 영어 공부에 매진했다. 영어를 잘해야 미국 본토 아이들이 하는 주요 수업과 행사에 참여할 수 있고, 주요 수업에서 좋은 성적을 받아야 좋은 고등학교에 진학할 기회가 많아진다. 특히 영어가 그랬다. 그런 프로그램에 들어가고 싶었던 나는 정말 할 수 있는 노력을 다했다. 그 결과 거의 모든 의사표현을 영어로 할 수 있게 되었다. 이제는 내 능력만 객관적으로 입증하면 기회가 주어질 것이라 생각했다.

그 즈음 미국 본토 친구들과 운동을 함께하기 시작했다. 필드 하키, 농구, 라크로스까지, 내게는 생소한 운동이었다. 경기 규칙조차 잘 알지 못하는 상태에서 시작했다. 그러다 보니 다시 눈치로 모든 것을 헤아려야 하는 신세가 되었다. 게다가 운동을 함께하면서 새로운 벽에 부딪혔는데, 또 영어였다. 의사표현은 문제 없다고 자신하고 있었는데, 미국 아이들이 운동경기 중 하는 말들은 하나도 알아들을 수 없었다. 친구들이 쓰는 속어(slang)는 그곳에서 자라지 않는 이상 도저히 알 수 없는 단어투성이었다. 농담도 왜 웃긴지 이해하지 못한 채 그냥 따라 웃곤 했다. 경기 규칙도 잘 모르는, 난생 처음 하는 운동은 잘할 리 없었고, 경기 중 하는 말도 이해하지 못하니 또 바보가 된 느낌이었다. 비참했다.

그때 나를 바라보던 아이들의 눈빛이 아직도 생생하게 떠오른다. '어차피 얘는 못 알아들으니까 신경 쓰지 말자'라며 자기들끼리 주고받던 그 눈빛과 표정들. 무시당하는 그 느낌이 싫어 되도록이면 아이들과 눈을 마주치지 않으려 했다. 원정경기를 나갈 때면 버스에 타자마자 내 옆에 누가 앉지 못하게 일부러 큰 스포츠백을 올려놓고 헤드폰을 낀 채 눈을 감았다. '아무도 말 걸지 마. 내 옆자리에 앉지도 마. 너희들이 그러면 나도 내 방식대로 할 거야.'

그런 아이들이 나를 더 이상 무시하지 못하게 된 건 학업 성적 덕분이었다. 학교에서는 크게 두 가지로 점수를 매겼다. 하나는 시험 등을 통한 수치로 매긴 기본 성적, 다른 하나는 노력 점수(effort grades). 객관적인 수치로 나온 시험 결과에 선생님이 부여한 노력 점수를 더해 최종 평가 결과가 나오는 시스템이다. 기본 성적도 노력 점수도 거의 만점을 받았다. 선생님은 다른 아이들 앞에서 높은 점수를 받은 학생의 이름과 점수를 불러줬는데, 부러운 듯 쳐다보는 아이들의 눈을 보며 나는 바닥까지 떨어졌던 자존감을 회복했다.

힘든 기억만 있었던 건 아니다. 동양에서 온 마음에 맞는 친구들끼리 선생님 몰래 서울에서 가져온 라면을 끓여 먹으면서 수다를 떠는 즐거움이 있었다. 인터넷이나 휴대전화도 없던 시절, 주말이면 복도에 있는 공중전화에 줄을 서서 엄마아빠한테 전화하는 일도 큰 즐거움이었다. 어쩌다 서울에서 나를 찾는 전화가 오면 환호하며 달려가 반가운 엄마아빠의 목소리를 들었다. 엄마아빠 목소리를 듣고 나면 미국 아이들 틈에서 힘들었던 나를 추스리고 다시 씩씩하게 살아갈 힘이 났다.

학업 성적이 좋아서 생긴 자랑스런 일이 있었다. 페이스쿨 졸업을 앞둔 즈음 학교에서는 다양한 이름을 붙인 투표 행사를 한다. '최고의 멋쟁이', '최고의 친절왕', '최고의 봉사왕' 등. 학생들이 직접 투표해 주인공을 뽑는다. 그 행사에서 나는 '최고의 공부왕'으로 뽑혔다. 친구들에게 공부왕으로 인정받은 것이다. 그렇게 내 노력을 보상받았다.

졸업식에서도 상을 받았다. 학교에서 주는 상이다. 수상자가 누구인지 사전에 알려주지 않아서 시상식에서 이름을 불리기 전까지 아무도 모른다. 나는 졸업식을 보러 오시는 부모님 앞에서 내 힘으로 이룬 상을 받고 싶었다. 진심으로 상을 바라자 조바심이 났다. 졸업식 당일, 내 소망은 현실이 되었다. 나는 '아트 어워드' 수상자로 호명되었다. 객석에서 환하게 웃으며 박수를 치는 아버지의 모습이 보였다. 집을 떠나 낯선 곳에서 공부하면서 외로웠던 시간에 적응하느라 애썼던 순간들이 주마등처럼 스쳐갔다. 눈물이 핑 돌았다.

열심히 하면 무엇이든 할 수 있음을 제대로 배운 시간이었다. 이 배움은 나의 뇌 어딘가에 단단히 새겨져 지금 일을 할 때도 아주 유용하게 쓰이고 있다.

나의 선택, 부모님의 결정

중학교를 졸업하던 그해 여름은 졸업식과 필립스 엑시터 아카데미(Phillips Exeter Academy)에 대한 기억이 주를 이룬다. 나는 졸업 전에 코네티컷주 월링포드에 있는 초우트 로즈메리홀(Choate Rosemary Hall) 고등학교 합격 통지서를 받아둔 상태였다. 미국 존 F. 케네디 대통령이 나온 명문 고등학교였지만, 사실 초우트는 내 선택지에는 없었다. 이유는 단순했다. 초등학교 때부터 연년생 언니와 같은 학교를 다닌 터라 고등학교부터는 '누구 동생'이 아닌 '나'로 모든 것을 처음부터 시작해볼 수 있는 학교에 가고 싶었다. 나만의 힘으로 도전하고 싶었다.

이런 야심찬 계획을 세우고 세 학교에 지원했다. 초우트, 디어필드(Deerfield Academy), 허치키스(Hotchkiss School). 초우트는 부모님 의사를 존중했기에 지원했고, 가지 않더라도 꼭 붙고 싶었다. 부모님이 원하는 학교의 합격증을 드리는 대신 내가 다닐 고등학교는 내 의지로 선택하겠다고 말씀드리려 했다.

원서 접수가 끝나고 결과를 알리는 우편물이 도착할 때마다 얼마나 마음을 졸였는지 모른다. 불합격은 얇은 편지 한 통이 전부지만, 합격하면 두꺼운 홍보물도 함께 오는데 세 학교 모두 두툼한 우편물이 도착했다. 하지만 기쁨은 잠시뿐이었다. 부모님은 초우트가 아닌 다른 학교는 반대하셨다.

"초우트처럼 좋은 학교를 두고 왜 다른 학교에 가려는 거니? 언니를 보내면서 우리는 그 학교에 대한 파악을 마쳤어. 선생님들과 신뢰도 쌓였고. 서로 다른 학교에 다니는 두 아이를 신경 쓰기에 우리에겐 시간이 부족하구나. 네가 양보해주면 안 되겠니?"

완곡하면서도 강하게 말씀하시는 부모님 앞에, 늘 바쁘게 사시는 분들인 줄 잘 알기에 바로 내 마음을 접었다. 초우트는 분명 훌륭한 학교였고, 내가 부모님 말씀을 완강히 거부할 이유보다 부모님이 나를 설득하신 이유가 더 합리적이고 효율적이라는 생각이 들었다. 내가 이 얘기를 친구들에게 하면 친구들은 '떼를 한번 써보지 그랬냐'고 묻는다. 하지만 (적어도 내 기억에는) 나는 자라면서 부모님께 떼를 쓴 적이 없다. 어른들의 결정에는 항상 이유가 있는데, 부모님은 본인들이 심사숙고한 이유를 설명해주셨기에 나는 부모님의 결정을 이해하고 따르려 노력했다. 이런 나를 닮아서일까? 내 딸과 아들도 자기 생각과 다르다고 하더라도 떼를 쓰거나 하는 일이 거의 없다. 부모 입장에서 이유를 잘 설명해주면 그들 나름대로 부모를 이해하려고 노력한다. 부모로서는 얼마나 감사한 일인지 모른다(우리 엄마 아빠도 그러셨겠지?). 어쨌든 부모님 말씀을 따르겠다고 결정한 후부터는 초우트에 가서 잘할 준비를 시작했다.

고등학교에 들어가기 전 여름에는 필립스 엑시터 아카데미 서머스쿨(Philips Exeter Academy Summmer School)에 들어갔다. 필립스 엑시터 아카데미는 미국 사립학교에서 공부를 가장 많이 시키기로 유명하다. 그곳에서 난 페이스쿨 때와는 또 다른 차원의 공부에 눈을 떴다. 중학교에 들어가기 전에 경험했던 서머스쿨은 외국에서 온 학생들을 위한 영어 수업 준비반 성격이 강했다. 반면 필립스 엑시터 아카데미 서머스쿨은 고등학교에서는 무엇을 어떻게 공부해야 하는지를 체험할 수 있는 커리큘럼으로 구성되어 있었다.

필립스 엑시터 아카데미는 수업 방식 자체가 달랐다. 선생님이 강의하고 학생이 배우는 일방 수업이 아니었다. 학생들에게 요구하는 지식 수준의 차원이 달랐다. 선생님들은 내용을 설명하는 데 그치지 않고 학생들이 어디까지 이해했고, 이해한 것에 대한 생각과 의견은 무엇이며, 이를 근거로 어떤 주장을 할 수 있는지, 사안에 대한 사고력 전반을 키우도록 수업을 진행했다.

정규 학교 수업이 아닌데도 에너지 드링크까지 마시고 잠을 쫓으며 진지하게 공부하는 미국 아이들 틈에서 나 또한 맹렬하게 공부했다. 고등학교 생활 사전 준비를 위해 시작한 서머스쿨이었지만 결코 만만하지 않았다. 이런 과정들을 통해 난 '학문'이라는 새로운 세상에 눈을 뜨기 시작했다.

그렇게 한 뼘 더 성장하고 있었던 1994년 여름, 김일성 사망 뉴스가 전해졌다. 수업에서도 남북 관계를 주제로 한 토론이 이어졌다. 대한민국 출신인 내게 질문이 쏟아졌다. 김일성의 사망 소식은 우리나라와 전 세계 정치, 경제, 사회 등 시사 문제에 본격적으로 관심을 갖기 시작한 계기가 되었다.

한계를 뛰어넘어 얻은 것

불안과 설렘을 안고 입학한 초우트는 예상했던 대로 중학교와는 모든 면에서 달랐다. 일단 학교 규모가 달랐다. 수업과 수업 사이 쉬는 시간에는 다음 수업을 듣기 위해 멀리 떨어진 건물 강의실까지 전력 질주를 해야 했다. 어깨가 빠질 듯 무거운 가방을 메고. 미국 교과서들은 왜 그렇게 두껍고 무거운지 책 한 권이 큼직한 벽돌보다 더 두껍고 무거웠다. 요즘 아이들이 가지고 다니는 바퀴 달린 가방이 있었다면 얼마나 좋았을까. 나의 고등학교 생활은 둘러멘 책가방 이상으로 묵직한 인생의 무게를 절감하며 시작되었다.

가방 무게보다 나를 더 짓눌렀던 건 이번에도 처음부터 새로 적응해야 한다는 사실이었다. 미국 고등학교는 4년제다. 그런데 난 둘째 연도에 입학했다. 다른 동기들은 초우트에 들어와 1년을 보낸 터라 자기들끼리 어느 정도 '그룹'이 형성돼 있었다. 이미 '기득권'이 되어 있는 그들 사이를 비집고 들어가 나의 자리를 찾아야 했다. 누구와 밥을 같이 먹을 것인지부터 동아리는 어떤 걸 선택하느냐까지 하나하나 해결해야 할 일이 정말 많았다. 이런 일들로 스트레스를 받다가 어느 날 문득 혼자 밥 먹을 용기도 없으면 어떻게 유학생활을 견딜까 싶었다. 혼자 밥을 먹기 시작했다. 그렇게 하니 오히려 혼자 밥 먹는 친구들과 친해졌고 그들과 함께 식사하게 되었다.

모든 것이 그랬다. 빈 자리에 딱 맞는 조각이 되려 할 때는 어디에도 잘 끼워 맞춰지지 않았지만, 흐르는 물이 되니 어디든 자연스럽게 딱 맞춰졌다. 이 진리를 몸으로 터득하자 그 이후에는 크게 어려운 일이 없었다.

학교에서 하는 모든 활동에도 적극 참여했다. 다만 함께하는 운동은 여전히 높은 벽이었다. 그래서 이번엔 친구들의 연습 도구를 챙겨주고 경기 때 물통을 들고 다니며 돕는 '매니저' 역할을 자원했다. 직접 경기를 뛰지 않으니 승패에 대한 부담이 줄었고, 경기 중 실수 때문에 친구들 눈총을 받지 않아도 됐다. 어쩐지 하녀가 된 느낌이 들어 썩 유쾌하지 않았고 물통 무게가 너무 무거웠지만 꾹 참고 매니저로서 해야 할 일을 했다. 생각해보니 지금도 나를 괴롭히는 허리 디스크는 이때 시작된 것 같다. 등이 휠 정도로 무거웠던 책가방에, 하루가 멀다 하고 배에 힘을 잔뜩 준 채 경기용 물통을 날라야 했으니까.

팀이 되어 하는 구기 스포츠는 경기 규칙을 잘 몰라 적응이 잘 안 됐지만 혼자 하는 운동은 꽤 잘했다. 오래 달리기가 그랬다. '공부 스트레스, 친구 스트레스, 향수병 등등 유학 생활로 인해 생기는 여러 가지 일로 견디기 힘들 때면 무조건 달렸다'였으면 좋겠지만, 일단 먹었다. 그것도 아주 많이 먹었다. 커다란 빵을 하나 사면 한 봉지를 다 먹어야 속이 풀렸다. 그렇다고 먹고만 있을 순 없어 먹고 나서 몸이 무거워지면 그때 달렸다. 순서가 좀 뒤바뀐 듯하지만 어쨌든 달렸다. 공부하고, 먹고, 뛰고, 공부하고, 먹고, 뛰고. 이 습관은 대학에 가서도 계속되었다. 나중엔 코스와 거리를 정해 놓았다. 3.5마일(5.6km)을 달리지 않으면 돌아가지 않았다. 그렇게 한 시간 땀을 흠뻑 빼고 기숙사로 돌아가면 기분이 훨씬 나아졌다.

초우트에 다니는 아이들은 모두 쟁쟁했고 대단했다. 하나같이 영민했고, 모든 일에 열심이었다. 그중에 베트남계 미국인 친구는 어찌나 모든 걸 다 잘하는지 다른 세계 사람 같았다. 말 잘하고, 암기력 좋고, 창의력 뛰어나고, 유머감각도 있어서 주변에 친구들이 많았다. 그 친구는 항상 최고의 상을 받았다.

초우트는 매년 두 가지 상을 수여한다. 노력 점수가 높은 학생이 받는 모범상, 전 학년을 통틀어 학업이 가장 우수한 학생에게 주는 학업 우수상. 둘 다 매우 명예로운 상이라 꼭 받고 싶었다.

초우트에서의 첫 학년 마지막 마무리를 하던 날, 전교생이 모인 자리에서 뜻밖에 내 이름이 호명되었다. '모범상'이었다. 전교생이 깜짝 놀랐다. 받고 싶은 상이었지만 내가 받을 줄은 생각하지 못했기에 나도 놀랐다. '학업 우수상'은 그 베트남계 친구에게 돌아갔다. 그 친구와 단상 위에 올라 나란히 상을 받는데 기분이 묘했다. 박수를 받고 단상에서 내려오면서 졸업할 때까지 매년 이렇게 내 이름이 호명되는 것을 목표로 삼았다.

목표가 생기니 학교 생활에 더 활기가 넘쳤다. 공부도 더 열심히, 활동도 더 열심히 했다. 기숙사는 잠이 오든 안 오든 정해진 시간에 무조건 불을 끄고 잠자리에 누워야 하는 소등시간이 있다. 그날 해야 할 공부를 다 하지 못하면 새벽에 일어나 공부를 마쳤다. 그렇게 또 1년을 보낸 나는 내가 세운 목표를 이뤘다. 다시 한번 내 이름이 호명되었다. 이번엔 아무도 놀라지 않았다. 예상했다는 듯 환호해줬다.

학업 스트레스는 높아졌지만 성과와 성취가 있어 불안이 줄고 자신감이 생겼다. 영어로 비속어까지 자유롭게 말하게 된 것도 자신감을 얻는 데 한몫 했다. 하나씩 극복하고 이뤄내면서 어떻게 하면 목표에 닿을 수 있는지 노하우가 생겼다. 그 경험은 단단한 근육이 되어 일을 하는 데도 큰 도움이 되고 있다. 당시엔 너무 힘들었지만, 어린 시절 한 번쯤 스스로의 한계를 넘어보는 건 인생에서 큰 축복이라 생각한다.

영예로운 상이 내게 준 위로

고등학교에서의 마지막 학년은 녹록지 않았다. 대입 수험생의 시간은 한국이나 미국이나 똑같이 괴롭다. 우리나라 대입전형에도 있는 수시와 정시 두 가지를 모두 준비해야 해서, 수능시험 격인 SAT 준비도 하면서 수업, 과외활동 등 학교생활도 소홀히 할 수 없었다. 부모님은 한 번도 자매간의 경쟁을 부추기신 적은 없지만, 언니가 이미 스탠퍼드대학 재학생이었기에 나도 그 정도 학교에 입학해야 한다는 부담감을 떨칠 수는 없었다.

스탠퍼드는 날씨부터 지상천국 같다면서, 언니는 학교 캠퍼스도 수업도 친구들도 동아리도, 이 모든 게 너무나도 완벽하다고 자랑했다. 스탠퍼드에 안 오면 분명히 후회할 거라면서 학교를 강력 추천했다. 부모님도 표현은 안 하셨지만, 둘째 딸이 입학허가만 받을 수 있다면 큰 딸과 함께 같은 학교에 다니길 원하셨다.

나는 익숙한 동부 지역에 남고 싶었다. 비행기를 타도 직항으로 5시간 이상 걸리는 캘리포니아로 가고 싶다는 생각은 꿈에도 하지 않았다. 난다 긴다 하는 아이들과 치열한 경쟁을 뚫어야 들어갈 수 있는 스탠퍼드대학이 훌륭한 학교인 것은 분명했다. 그럼에도 나는 스탠퍼드대학에 원서를 내는 것 자체를 주저했다. 원서를 넣는다고 합격한다는 보장이 있는 것도 아니었지만, 혹시 합격하면 부모님이 또 당신들이 이미 익숙해진 학교로 가는 게 좋겠다고 하실 것 같아서였다.

학교 선생님들과 수시로 상담을 하고 아버지 어머니와도 자주 의논했다. 결국 부모님의 설득을 받아들였다. 한 학교에 합격하더라도 다른 학교에도 지원할 수 있는 '얼리 액션(미국에는 얼리 디시전, 얼리 액션, 레귤러. 세 가지 대입 전형 방식이 있다. 얼리 디시전은 합격하면 무조건 입학해야 한다. 얼리 액션은 합격하더라도 다른 학교에도 지원할 수 있다. 레귤러는 얼리 디시전, 얼리 액션에서 원하는 학교를 찾지 못했을 때 지원하는 방법이다.)'으로 스탠퍼드대학에 원서를 냈다. 고등학교 지원할 때와 같은 심정이었다. 부모님께 나도 할 수 있다는 걸 증명하는 의미에서 일단 스탠퍼드대학에 합격하고 대학만큼은 내가 원하는 곳으로 가겠다는 '희망찬' 계획을 세웠다.

원서를 내고 그해 여름부터 가을학기까지 모든 대학에 필수로 제출해야 하는 공통 에세이를 작성했다. 또 지원하는 각 학교가 요구하는 에세이를 써야 해서 여러 주제와 형태로 하나하나 작성해나갔다. 당시 잡았던 주제는 장애인과 비장애인이 동등한 기회를 누리는 사회에 대한 것이었고, 또 다른 주제는 방글라데시에 다녀온 경험을 바탕으로 한 삶과 일의 현장에 관한 것이었다. 에세이를 쓰는 동안 영어 선생님과 계속 소통하면서 에세이 내용을 알차게 채우는 데 많은 시간을 투자했다. 아버지도 많은 도움을 주셨다.

이메일이 일상화되지 않았던 시절이어서 아버지와는 팩스로 소통하면서 도움을 받았다. 처음 쓴 걸 보낸 후 아버지한테 받은 답장에는 내 에세이의 문제점이 잔뜩 적혀 있었다.

"입학사정관은 수많은 에세이를 읽을 게다. 글의 퀄리티가 떨어진다면 읽지 않고 넘길 수도 있지. 지금 네가 쓴 글은 마치 그 사람이 너의 마음을 알아서 이해해주고 해석할 거라고 생각하는 것 같다. 글은 읽는 사람에게 잘 전달되도록 친절하게 써야 한다. 그 사람이 네 마음까지 어떻게 다 알겠니. 다시 써보도록 해라."

이런 조언과 더불어 문장을 제대로 쓰는 법, 문단을 어떻게 나눌지, 문장부호를 적절하게 사용하는 방법 등 수정사항이 빼곡하게 적힌 팩스가 스무 번쯤 오갔다. 나중에 영어 선생님이 충분히 훌륭하니 제발 그만 고치라고 할 정도에서 에세이 작성을 마무리했다.

아버지와 말로 하는 대화 외에 글로 하는 대화가 시작된 것은 그때부터였다. 입사 후 아버지의 뜻이 전달되어야 하는 문서, 특히 외국 바이어에게 보내는 편지는 반드시 내가 교정을 본다. 만약 뜻이 명확하지 않거나 수정이 필요해보이면, 아버지의 뜻을 정확하게 확인하고 그 결과를 반영한다. 돌이켜보면 대학 입학 과정에서 에세이를 그토록 철저하게 준비시켰던 것 또한 아버지가 하신 경영수업의 일부였던 것 같다.

애쓴 덕인지 12월 말에 프랑스에서의 교환 학생 수업을 앞두고 두툼한 통지서를 받았다. 스탠퍼드대학 합격 통지서였다. 혹시나 떨어지면 창피한 심정으로 프랑스에 가고 싶지 않았는데 너무 기뻤다. 이제 편한 마음으로 프랑스에 다녀오고 다른 동부 학교들에 지원할 생각이었다. 뉴욕, 보스톤, 뉴헤븐까지 동부 지역에 좋은 대학교가 많고, 중학교, 고등학교 동창생들끼리 교류도 잦아서 난 나름의 즐거운 대학생활을 상상하며 동부 지역에 있는 대학교에 지원하겠다고 부모님께 말씀드렸다.

부모님은 이번에도 반대하셨다. 스탠퍼드대학에 합격했는데 왜 다른 곳에 갈 생각을 하냐고 하셨다. 3년 전과 똑같았다. 딸 둘이 서부와 동부에 떨어져 있으면 부모가 챙기기 너무 힘들다는 말씀이셨다. 고등학교 진학 때와 달리 이번엔 며칠을 완강하게 버텼지만 결국 부모님 결정을 따르기로 했다.

허탈하고 속상한 마음을 위로받은 건 고등학교 졸업식에서였다. 이번만큼은 더 간절하게 내 이름이 불리길 바랐다. 하지만 내가 늘 받던 '모범상'을 다른 친구가 받았다. 내심 실망스러웠다. 그런데 잠시 후 졸업생 가운데 학업 성적이 가장 우수한 여학생에게 주는 상의 수상자로 호명되었다. 졸업식이 끝난 후 부모님은 "스탠퍼드에 입학한 것도 정말 고마운 일인데 최고의 고등학교에서 가장 영예로운 상까지 받으니 유학 보내길 정말 잘했다."며 칭찬을 아끼지 않으셨다.

부모님은 교육에 대한 열의가 대단하셨다. 자식들에게만 그러신 것은 아니다. 2018년 7월, 아버지 모교인 서울대학교 경제학부의 첫 독립 건물인 '우석경제관' 기공식이 열렸다. 아버지는 후학 양성을 위해 모교에 다양한 방법으로 도움을 주셨는데, 우석경제관 건립도 그중 하나였다. '우석(愚石)'은 할아버지의 호다. 우석 성재경 선생이라 불렸던 할아버지는 늘 돈을 버는 것만큼 잘 쓰는 것도 중요하다는 걸 강조하셨고, 아버지는 그 말씀을 잘 새겨 항상 실천하셨다.

초우트 고등학교를 졸업하며 받은 상 이름도 그렇고, 학교 건물과 기숙사도 크고 작은 기부를 하신 분들의 이름을 붙여 그 뜻과 의미를 기린다. 페이도, 초우트도, 스탠퍼드도 학교를 졸업한 동문들을 비롯 다양한 분야의 훌륭한 분들이 많은 기부를 했고 곳곳에 기부자의 이름이 붙어 있다. 그런 분들 덕분에 학교는 학생들에게 양질의 교육을 제공할 수 있다.

서울대학교 우석경제관 기공식을 지켜보면서 오래전 고등학교 졸업식을 떠올렸다. 한 사람의 인생에 잊지 못할 순간을 만들어준 누군가의 이름. 돈을 버는 것 이상으로 '잘' 쓰는 것이 중요하다던 할아버지와 아버지의 가르침. 그 말씀을 실천하며 몸소 행동으로 보여주신 아버지. 그 모든 것이 한 줄기로 연결되었다. 이제는 내가 그 줄기의 끝에서 작은 새싹으로 피어나고 있다.

그날의 공항, 현재의 공항

아버지는 생산과 무역을 하면서 국경을 넘어 자유롭게 언어를 구사하고 개방적이고 융통성 있는 사고를 하는 것이 얼마나 중요한지 알고 계셨다. 유학은 내 선택이었지만 아버지와 어머니의 적극적인 지원과 격려가 있었기에 가능했다. 세 딸을 모두 조기 유학 보내신 것은 지구촌 시대를 살아갈 우리를 위한 아버지의 세계관에서 비롯된 결단이었다.

아버지는 우리가 성인이 돼서 무엇을 하든 영어에 능통하고 세상을 바라보는 시선이 자율적이고 창의적이길 바라셨다. 워낙 바쁘셨기에 자식 교육을 일일이 챙기지는 못하셨지만, 출장차 미국에 오실 때는 시간을 내서 학교에 오셨고 선생님들을 만나 상담을 하고 가셨다. 미국에는 학부모와 교사가 면담하는 정규 프로그램이 있다. 아버지는 바쁜 와중에도 이 프로그램에는 빠짐없이 참석하셨다.

"내가 다른 시간은 못 내도 너희 선생님과 1년에 3일, 세 번 상담은 꼭 지키려고 했다. 그러면 떨어져 있어도 너희가 어떻게 성장하고 있는지 어느 정도 파악이 되니까."

세 번이라고 하셨지만 아버지에게 중요한 건 횟수가 아니라 소통이었다. 아이들이 교육을 통해 터득했으면 하는 것에 대해 선생님들에게 전달하셨고, 딸들이 수업을 제대로 잘 따라가고 있는지도 확인하셨다.

아버지가 오시기로 한 날이면 반가운 마음에 며칠 전부터 들떠 있곤 했다. 아버지가 먼 길을 마다 않고 찾아와주신다는 것, 함께 있지는 않지만 아버지가 항상 내게 관심을 가지고 있다는 사실 자체가 내게 안정감을 주었다.

유학생이라면 누구나 겪는 향수병을 경험한 건 중고등학교 시절이 아닌 오히려 대학에 다닐 때였다. 스탠퍼드대학에 입학하게 됐을 때 부모님은 물론이고 할머니와 일가 친척 어른들의 축하를 받았다. 저 멀리 고국에서 축하와 응원이 쏟아졌지만, 정작 나는 외롭고 쓸쓸했다.

 전 세계 쟁쟁한 아이들이 모여있는 스탠퍼드에서의 수업은 등교 첫날부터 도서관으로 직행해야 할 만큼 과제가 산더미 같았다. 다른 대학교에 진학한 친구들은 마치 모든 것에서 해방된 듯 이런저런 동아리에 들어가 성인이 된 것을 마음껏 즐기고 있다는 소식이 여기저기서 들려왔다. 초우트를 함께 다닌 친구들도 대부분 동부 지역에 남아 종종 함께 어울려 즐거운 시간을 보내는데 나만 덩그러니 캘리포니아 팔로알토에 떨어져 있었다. 대학 진학의 기쁨도 잠시였고, 다시 치열하게 공부 모드로 들어갔다. 세상 제일 똑똑하다는 아이들이 모인 학교여서 그랬는지, 공부 스트레스는 늘어가는데 마음 터놓고 얘기할 수 있는 친구를 만나기도 어려웠다.

 마음 붙일 곳을 찾지 못한 채 1학년을 보내고 2학년이 되면서 기숙사를 떠나 학교 밖으로 이사했다. 학교 밖에서는 불편한 게 많았다. 무엇보다 이동이 가장 불편했다. 운전 면허에 도전했다. 필기시험은 한 번에 붙었는데, 실기시험에서는 고개를 돌려 자전거 도로를 확인하지 않았다는 이유로 떨어졌다. 두 번째 실기에서 무난히 면허를 땄다. 운전 연습을 시작한 지 얼마 되지 않았을 때, 아버지가 출장길에 팔로알토에 잠깐 들르신다는 연락이 왔다. 너무 기뻤다. 공부에 짓눌리고 그리움에 치여 우울했던 대학 생활에 단비 같은 소식이었다. 그때 서울은 겨울이었지만, 캘리포니아는 우기여서 거의 매일 비가 내리고 있었다. 열심히 운전 연습을 했다. 아버지를 모시고 여기저기 가고 싶었으니까. 숙제도 미리 끝내 두었다. 드디어 아버지가 오시는 날, 비행기 도착 시간에 맞춰 집을 나섰다. 비가 내리고 어둠이 밀려오고 있었다. 초보 운전자였던 나는 비바람을 뚫고 조심조심 차를 몰아 샌프란시스코 공항에 도착했다. 조금만 기다리면 아버지가 오신다. 설레는 마음을 진정시키며 도착 출구쪽에 가까이 붙어서 아버지가 나오시기만을 기다렸다.

그런데 아버지가 탔다는 비행기가 도착하고 사람들이 다 나온 후에도 아버지 모습이 보이지 않았다. 입국 절차에서 문제가 생겼나? 짐이 도착하지 않은 걸까? 별별 생각을 하며 하염없이 아버지를 기다렸다.

두 시간 정도 지났을까, 슬슬 걱정이 되기 시작했다. 그제서야 서울로 전화했다. 전화를 받은 회사 직원이 울먹이는 내 목소리에 당황하면서 아버지 출장계획이 바뀌었다고 알려줬다. 미리 알려주지 못해 미안하다고 했다. 힘 없이 전화를 끊었다. 아무 느낌도 없었다. 화가 날 법도 한데 그렇지 않았다. 이미 벌어진 일인데 어쩌겠나, 화를 낸다고 달라질 것도 아닌데. 허탈했다. 왈칵 눈물이 터져 나왔다. 샌프란시스코 공항의 커다란 기둥 뒤에서 그 기둥이 아버지라도 되는 듯 붙잡고 한참을 울었다. 엉엉 소리내면서.

공항에 갈 때면 오래 전 샌프란시스코 공항이 생각난다. 그리운 이들과 만나는 기쁨과 사랑하는 이들과 헤어지는 슬픔이 공존했던 공항. 사랑하는 아버지를 기다리며 두근거렸던, 아버지가 오시지 않는나는 소식에 절망했던 나를 안아주었던 공항. 그런 공항이 현재의 나에게는 또 다른 일터이자 전쟁터로 가는 길목이 되었다. 이제 나는 아버지처럼 1년에 반은 출장으로 국외에서 보낸다. 그때를 생각하면 지금도 코끝이 빨개진다. 그 시절의 텅 빈 것 같았던 마음이 그대로 느껴지는 건 무슨 이유에서일까. 사춘기도 아니고.

경험이 쌓여 경영으로

방글라데시에 처음 가본 건 1993년이었다. 대학에 들어가기 전이다. 아버지 권유로 출장에 동행했지만, 현장에 도착하기까지 내겐 그냥 '여행'이었다. 미국에서 공부에 허덕이다 방학 때 아버지와 함께 방글라데시로 놀러 간다고 생각했다. 그런데 방글라데시는 한마디로 모든 것이 충격이었다.

방글라데시 다카 공항에 내렸을 때 받은 첫 느낌은 '무성함'이었다. 열대계절풍 기후인 방글라데시 특유의 후텁지근한 공기. 나뭇잎도 사람도 참 무성했다. 다카 공항에서 공장이 있는 치타공으로 가기까지 거리와 물가에 늘어선 나무들 모두 하나같이 짙은 초록색이었다. 진초록의 이파리를 가득 매

단 나뭇가지들이 무게를 이기지 못하고 땅을 향해 늘어져 있었다. 거리는 나무에 매달린 초록 잎처럼 사람들로 가득했다.

피부색이 다른 여자 아이가 온 게 신기한 듯 내 주위를 둘러싸던 사람들, 우리가 탄 차를 연신 두드리며 구걸하던 사람들, 릭샤(동남아시아에서 주로 인력을 이용하는 교통수단. 일본어인 리키샤(力車)의 발음이 변화되어 만들어진 말이라고 한다.)로 어딘가를 향해 열심히 달려가는 사람들을 나는 얼빠진 얼굴로 바라봤다. 거리를 가득 메우고 있는 이 사람들은 도대체 어떤 경제활동을 하면서 살고 있는 걸까? 이토록 혼잡한 곳에서 살아가게 하는 원동력은 뭘까? 차창 밖 사람들을 바라보면서 여러 생각이 들었다. 한국에서 태어나 미국에서 공부하면서 세상 구경을 제법 했다고 생각했는데, 방글라데시는 또 다른 경험이었다. 다시 말하지만, '충격'이었다.

그 후 대학 입학 전에 다시 한번 방문했고, 대학을 다니는 동안 기회가 생길 때마다 아버지 출장길에 동행했다.

아버지가 나를 방글라데시에 데려가신 이유는 무엇일까? 무엇을 보고 배우게 하시려던 걸까? 어려운 환경에서 어렵게 살아가는 사람들의 모습을 보고 편안한 현실에 안주하지 말라는 뜻만은 아니었다. 아버지는 인간에게 배움이 얼마나 중요하고 직장이 얼마나 소중한 곳인지를 직접 보고 깨닫게 하셨다. 선진국과 개발도상국이 어떻게 협력하는지, 그로 인해 발생하는 경제적 이득은 서로에게 어떤 혜택을 누리게 하는지 보고 느끼도록 하신 것이다. 영원의 생산공장에서 일하는 직원과 그의 가족들을 격의 없이 만나게 함으로써 공장집 딸임을 자각하게 하고, 영원이 옷을 만드는 과정과 소비자에게 선택받는 과정을 직접 보여주고 싶으셨던 것이다.

잦은 출장으로 방글라데시는 어느덧 내게 제2의 고향이 되었다. 방문 초기에는 물갈이로 며칠씩 배가 아파 고생했지만, 지금은 현지에서 먹고 마시는 데 아무 불편을 겪지 않는다. 그때나 지금이나 방글라데시는 여전히 무성하고 혼잡하지만 넋을 놓는 일은 더 이상 없다. 그곳에서 나는 영원 직원들이 직장생활 열심히 하고 건강하고 행복하게 지낼 수 있는 방법을 고민하는 데 많은 시간을 쏟는다.

경영의 밑거름, 읽고 쓰는 훈련

스탠퍼드대학의 1학년은 '자유학기'다. 우리나라 대학의 교양과목을 듣는 과정과 비슷하다. 2학년이 되면 전공을 선택해야 한다. 나와 맞는 전공을 찾기 위해 전공별로 개설된 과목들을 청강했다.

아버지는 늘 무슨 일이든 시작하기에 앞서 이후의 일을 신중하게 살펴보아야 한다고 말씀하셨다. 그때 난 졸업 후 진로를 확실하게 정한 상태가 아니었기에 어떤 일을 하든 모든 일과 융합할 수 있는 기초 학문에 대한 호기심이 컸다.

어떤 학문이 나와 잘 맞을지 고민하면서 거의 모든 전공 학과 사무실을 찾아갔다. 그 결과 모든 일과 융합할 수 있는 기초 학문으로 내 선택은 과학과 사회학으로 좁혀졌다. 과학은 직접 실험을 해서 결과를 입증하는 과정이 왠지 흥미가 생기지 않았다. 반면 사회학은 사회의 모든 현상, 사회와 개인 간의 관계, 사회 구성원으로서 개인의 역할, 권리, 의무 등에 대해 공부하는 것이 무척 흥미로웠다.

그동안 내가 속했던 사회는 매우 제한적이고 폐쇄적이었다. 가족과 학교, 정해진 틀 안에서 비슷한 조건을 가진 사람들의 삶이 전부였다. 나 중심의 사회에서 크게 벗어나지 못하고 있었다. 내가 경험한 사회가 전부가 아니라 훨씬 다양한 사회가 존재하고 그리고 그 사회의 구성원으로 사회의 발전과 개인의 행복을 함께 도모해야 한다는 이 두 가지를 의식하면서, 사회와 개인에 관한 제반 현상을 분석해서 해석해서 발전 방안을 연구하는 과정에 참여하고 싶었다. 지금까지 제한적이고 폐쇄적인 사회 안에서 생각하고 행동했다면 앞으로는 개방적이고 가변적인 사회의 구성원이 되어 사회와 개인을 제대로 바라볼 수 있는 눈을 키워야겠다는 생각이 들었다. 그래야 사회를 이롭게 하는 비전을 제시하고, 계획을 세우고 노력해 좋은 결과를 낼 수 있을 것 같았다. 이렇게 나의 시야를 넓힐 수 있는 기초가 되는 지식을 쌓겠다는 생각으로 사회학을 전공으로 택했다.

부모님은 이제 스스로 판단하고 결정할 성인이 되었다며 별다른 말씀이 없으셨다. 대학 시절 내내 성적표를 보자는 이야기도 안 하셨다. 아버지 사업을 잇기 위해 내가 경영학을 전공할 것으로 예상한 사람들이 주위에 많았지만(스탠퍼드대학 학부에는 그 흔한 경영학 전공이 없다.), 그때까지 아무도 내게 아버지 회사에 들어가 사업을 도우라는 말은 하지 않았다. 나는 내학 졸업 후 학업을 계속해서 국제 분야를 연구하는 교수가 되거나 국제기구에 들어가 세계를 위한 일을 하고 싶었다.

대학에 들어가면 좀 한가해질까 생각했던 건 큰 착각이었다. 미국 대학은 졸업이 어렵기로 유명하다. 정말 끊임없이 과제가 주어졌다. 대학 내내 읽고 쓰고, 읽고 쓰고, 읽고 쓰는 일의 연속이었다. 가끔 아버지가 미국에 오시면 읽을 거리가 너무 많다고 푸념을 늘어놓으며 숙제를 보여드리곤 했다. 그럴 때마다 아버지는 잘 훈련받고 있다면서 좋아하셨다.

"래은아, 비즈니스를 하는 사람들에게 가장 중요한 건 방대한 양의 정보와 자료를 빠른 속도로 읽고 정확하게 이해하는 거야. 그래야 신속하게 좋은 결정을 내릴 수 있거든."

당장의 과제에 짓눌려 힘들었던 나는 그때 아버지 말씀이 무엇을 의미하는지 깨닫지 못했다. 하지만 입사하고 얼마 되지 않아 왜 읽고 쓰는 훈련이 필요한지 알게 되었다.

회사 일에는 상상 이상의 많은 서류가 오고갔다. 작성하기도 힘들지만 직원들이 올린 다양한 기획안, 보고서, 무역 관련 각종 서류를 한정된 시간 안에 정확하게 읽고 제대로 판단하는 것은 피를 말리는 일이다. 아버지는 그동안 얼마나 많은 스트레스를 지니고 사셨던 걸까? 줄지 않는 서류 더미 앞에서 아버지의 고단한 삶을 짐작할 수 있었다.

스탠퍼드대학에서 받은 훈련은 일을 하면서 큰 도움이 됐고 지금도 그렇다. 이 글을 쓰고 있는 오늘도 읽어야 할 서류가 산더미 같이 쌓여 있다. 이른 새벽에 하루를 시작하는 가장 큰 이유는 출근하기 전에 이 서류들을 완벽하게 소화하기 위해서다. 내가 알아야 직원들에게 업무 지시를 할 수 있고 그래야 직원들도 자신의 업무를 완수하게 된다.

상사가 직원들의 보고서를 숙지하지 못하는 것은 매우 무책임하고 부끄러운 일이다. 업무가 어떻게 진행되고 있고, 누가 어떤 일을 어떻게 진행하는지를 확실하게 알아야 제대로 된 피드백이 가능하다. 더 좋은 쪽으로 방향을 알려주고 격려하면, 직원들도 자신이 하는 일을 인정받는다는 생각에 더 좋은 시너지를 만들어낸다.

물론 모든 보고서에 좋은 피드백이 나오는 건 아니다. 시간을 낭비했다는 생각이 들 때도 있다. 그럴 때는 다음에 좀 더 발전된 보고서가 되도록 느낀 바를 솔직하게 전달한다. 그래야 잘못된 점에 대해 스스로 깨닫고 한 번 더 생각하고 나은 방향을 모색할 수 있다.

말이 나왔으니 덧붙이자면, 나는 직원들에게 '회사를 위해' 역량을 쌓으라는 말은 하지 않는다. 대신 자기 자신을 위해 능력을 키우고 역량을 높이면 그만큼 기회가 많아진다는 말을 수시로 강조한다. 영어 공부를 독려하는 것도 같은 이유에서다. 우리 회사는 인사고과에 영어 점수가 포함된다. 업무에 영어를 사용할 일이 없어도 영어 공부는 늘 꾸준히 해야 한다. 이유는 간단하다. 전 세계 공용어이기 때문이다. 영어 사용이 능숙해지면 더 많은 국가의 사람들과 자유롭게 대화할 수 있다. 개인 삶이 풍요로워지고 사회생활에서도 활동 폭이 넓어진다. 언어 장벽이 해소되면 무수한 정보와 지식을 직접 얻을 수 있고 국적을 가리지 않고 새로운 사람들과 어울릴 수 있으며, 인류의 다양한 문화와 역사를 접하고 흡수할 수 있다. 현실적인 장점을 설명하고 동기부여를 해주면 얼마 지나지 않아 한층 높아진 성적표를 받을 수 있다. 스스로 놀라는 모습, 여럿 보았다.

쉽게 얻어지는 건 없다. 노력하면 그에 맞는 보상이 반드시 따른다. 영어 공부를 열심히 한 직원들은 스스로 매우 만족하면서 더 나은 삶을 위해 도전한다.

많은 과제에 시달렸던 대학시절. 갖가지 사회현상을 조망하고 분석하면서 다양한 형태의 해결책을 모색해서 제출해야 했던 무수한 과제들. 밤을 새우며 달달 볶인 이 모든 과정을 거치면서 얻은 결과는 영원에 입사해 지금의 자리에 오기까지 그리고 지금도 매우 큰 도움이 되고 있다.

신앙이 내게 준 것

"강 차장, 우리 설 연휴 전에 월급 좀 주면 안 돼?"

"네?"

강 차장 눈이 동그래졌다. 강 차장은 새로운 직원이 올 때마다 '월급 주시는 분'으로 따로 인사시키는 소중한 동료다.

"설 연휴가 24일까지잖아. 25일이 월급날인데 연휴 전에 주면 안 될까? 연휴 전에 받아서 통장이 두둑하면 다들 얼마나 기분 좋겠어?"

강 차장은 못 이기는 척 작업에 들어갔다. 시스템을 바꾼 지 얼마 되지 않아 평소보다 시간이 더 걸리는 일이었는데 열심히 작업하더니 연휴 전날 퇴근 전에 월급이 들어왔다. 강 차장님 최고!

　나도 샐러리맨이라 월급을 받는다는 게 어떤 마음인지 너무 잘 안다. 연휴 전에 통장으로 들어오는 월급이 얼마나 꿀맛 같은지도. 예정일보다 일찍 월급을 받은 이들은 각자의 방식으로 조금 더 행복했을 거라고 믿는다. 나 또한 연휴에 십일조를 할 수 있어 행복했다.

　신앙이 있다는 건 삶에 큰 위안이자 원동력이다. 우리집은 원래 원불교 집안이었다. 성경을 알게 된 건 대학 입학 후였다. 미국 서부 캘리포니아에 있는 학교에 입학해보니 동부와는 모든 면에서 달랐다. 동부 지역은 치열하게 공부하고 경쟁하는 좀 살벌한 분위기였는데, 스탠퍼드에서 만난 친구들은 캘리포니아의 햇살처럼 해맑고 여유가 많았다. 한국 친구들은 상당수가 LA 쪽에서 왔는데 언제나 긍정적이고 친절하고 밝았다.

　예나 지금이나 적지 않은 학생들이 학기 중에도 일을 하고 등록금과 생활비를 직접 벌어 어렵게 학교를 다닌다. 반면 나는 부모님 덕분에 돈 걱정 없이 학교를 다녔고, 남들이 모두 부러워하는 좋은 학교에 입학했지만 마음은 행복하지 않았다. 그래서 정말 궁금했다. 힘들게 하루하루 생활하는 친구들이 그토록 긍정적이고 남에게 항상 친절할 수 있는 이유가 무엇인지. 그 마음을 알고 싶은 호기심에 이들과 어울리다 보니 나를 제외한 친구들의 공통점을 찾게 되었다. 친구들은 모두 신앙인이었다.

"래은이는 교회 안 다녀?"

"난 몰라, 하나님도 예수님도 모르고 성경 책을 본 적도 없어. 내가 아는 건 크리스마스 유래 정도야."

친구들과 어울리며 크리스천 동아리에 들어가 성경 공부를 시작했다. 크리스천 동아리는 3학년 언니들이 이끌었다. 처음 만난 성경은 신약의 로마서였다. 사도 바울의 편지였는데, 무슨 말인지 전혀 이해하지 못했다. 유대인의 역사에 관해서 아는 게 없었고, 고대어가 섞여 있어 더 어려웠다.

기숙사 옆방의 유대인 친구가 떠올랐다. 안식일을 철저히 지키는 친구였다. 일요일이면 등도 켜지 않고 펜도 들지 않지만, 신기하게 숙제도 완벽했고 공부도 잘하는 수재였다. 그 친구에게 물어볼까 하다가 '치열한 경쟁을 뚫고 스탠퍼드에 입학했는데 혼자 힘으로 못할 게 뭐야!' 하는 오기가 생겨 독학을 시작했다. 쉬운 성경을 사서 하나하나 맥을 짚으며 파고들자 완전히 다른 세상 얘기였다. 그 시절의 나는 도저히 이해할 수 없는 편안하고 안온한 다른 세상, 천국 이야기였다.

몇 개월쯤 지났을까? 3학년 언니의 지도를 받으며 성경 공부를 하던 어느 날, 미국인 선배가 영접 기도를 해본 적이 있냐고 물었다.

"그게 뭐야?"

"예수님을 너의 주(主)로 고백하는 거야."

"안 해봤어."

"한번 해볼래? 내가 하는 대로 따라 하면 돼."

선배가 먼저 읽는 영접기도문을 따라 했다. 단순히 기도문만 따라 했는데, 영혼이 어루만져지는 느낌과 함께 눈물이 나기 시작했다. 조금 지나서 안 사실이지만, 로마서를 가르쳐줬던 3학년 언니와 영접기도를 해준 선배는 목회자의 딸이었다. 어려서부터 제대로 배운 사람들이라 친절하고 자세하게 차근차근 알려줬다. 그들과 있을 때면 마치 어린이 성경학교에 다니는 것 같았다. 그들을 닮고 싶었다. 매일 일찍 일어나 새벽기도를 같이 하고, 기도 제목도 만들면서 즐거운 신앙생활을 시작했다.

신앙생활을 시작하면서 처음 경험하는 새로운 세상에 들어갈 수 있었다. 성경 공부를 하면서 내면에 변화도 일어났다. 그때까지는 세상을 물질적 기준으로만 판단하고 바라보았다. 더 많은 것을 가진 아이들과 비교하며 위축되기도 했고, 덜 가진 듯 보이는 친구들 앞에서 우쭐한 적도 있었다.

집에서는 절대 그렇게 배우지 않았다. 우리집은 대대로 나를 위해 돈을 축적해서는 안 된다는 가르침이 있었고, 아버지도 무엇이든 돈으로 가치를 매기는 걸 극도로 싫어하셨다. 아버지는 그 누구도 그가 버는 수입이나 가진 재산으로 판단하지 않으셨다. 돈보다는 사람 됨됨이, 그 사람의 인격을 중시하셨고, 있는 그대로 사람을 바라보셨다.

TV, 영화, 인터넷, 모든 미디어에서 보고 듣는 것이 돈과 권력이니 그런 환경 속에 젖어 있던 나도 어느 새 물질이 삶에 대한 가치 판단 기준의 맨 위에 올라 있었다. 집이나 학교에서는 그렇게 배우지 않았지만, 물질 만능 시대를 살아가는 사람으로 건강한 가치관을 가지고 중심을 잃지 않는 건 쉽지 않았던 것 같다. 다행스럽게도 성인이 되어 예수님의 사랑을 알게 됐고, 그 이후로 사람과 사람 사이에 조건이 붙는 걸 점점 불편하게 여기게 되었다. 이렇게 변화할 수 있게 해주신 하나님의 인도하심에 늘 감사하는 마음으로 살고 있다.

누군가를 바꿀 작은 불빛

예수님 덕에 얻은 자유는 경험해보지 않은 사람은 모른다. 조건을 보지 않으니 돈에서 자유롭다. 편안하고 풍요롭다. 나의 수고로 다른 이들이 행복한 것만으로 일을 열심히 할 가치가 있음을 알게 되었다. 이렇게 찾은 자유는 정말 자유로웠다. 일이 있어 정신이 자유롭고 돈을 쫓지 않아 물질의 자유를 누린다.

얼마 전 코로나 와중에 어머니가 교회 등록을 마치고 신앙생활을 시작하셨다. 예수님은 때가 되면 다 이루어주신다. 열심히 기도하며 하루하루 주님 안에서 평온을 찾는 어머니를

뵐 때마다 가슴이 벅차 오른다. 예전의 어머니라면 상상도 못할 일이다.

"엄마, 나 대학 때 기억나요? 대학로에서 엄마가 나 잡아왔었잖아."

"내가? 널 잡아와?"

"미국에서 선교하러 온 친구들 통역해주고 있는데 억지로 데려온 거 기억 안 나요?"

"어머, 설마! 내가 그랬을라고."

"진짜라니까."

어머니는 기억나지 않는다고 하셨지만, 진짜 기억을 못하시는 건지 아니면 쑥스러워서 그러시는 건지 알 수 없었다.

방학이라 우리나라에 들어와 있을 때였다. 미국 기독교 연합동아리 친구들이 단기 선교를 위해 한국에 왔다. 통역을 해줄 수 있느냐는 부탁에 흔쾌히 응했다. 선교 장소가 마침 집 앞인 대학로 마로니에 공원이었다. 부모님께는 따로 말씀드리지 않았다. 신앙이 없는 분들이니 설명해도 이해를 못하실 것 같았고 나쁜 일을 하는 것도 아니었기에 친구 만나러 잠깐 외출하는 기분으로 마로니에 공원에 갔다. 친구들과 반갑게 인사를 나누고 통역해주고 있는데 "래은아!" 하고 날 부르는 소리가 들렸다. 어머니였다. 신앙생활을 시작했다는 내가 혹시나 이상한 길로 들어설까 걱정되어 예의주시하다가 찾아오신 것이다.

"집으로 가자."

어머니는 미국에서 온 아이들이 어떤 목적으로 온 줄 알고 무턱대고 돕겠다고 나섰느냐면서 화를 내셨다. 아무리 설명해도 전도 선교를 이해하지 못하셨다.

"그 아이들이 사이비 신도면 어쩌려고 그래? 당분간 외출 금지다."

결국 미국에서 온 친구들을 돕지 못했다.

하지만 이후 만회할 기회가 찾아왔다. 2002년 월드컵 때였다. 학교를 졸업하고 한국으로 돌아온 나는 대학 친구 소개로 소망교회 청년부에 다니고 있었다. 교회에서 월드컵 선교 인원을 모집하길래 바로 지원했다. 외국인이 우리나라를 많이 찾는 기간이니 더 많은 사람들에게 전도할 수 있는 기회였다. 청년부 친구들과 경기장 앞에서 오가는 사람들에게 하나님의 말씀을 전했다. 이미 다닌다는 사람들도 있었지만 얼굴을 찌푸리며 불편해하는 사람들도 있었다. 믿는 역사가 바로 이루어지기 쉽지 않다는 걸 알면서도 참 열심히 했다. 나도 누군가가 전해줘서 알게 되었으니까. 아직 하나님을 만나지 못한 누군가에게 내가 작은 불빛이 되길 바랐다.

생각해보면 내 인생에도 그런 작은 불빛들이 있어서 하나님께 올 수 있었다. 늘 나를 위해 기도해주신 외할머니는 신앙심 깊은 교회 권사님이셨다. 나보다 좀 더 앞서 예수님을 영접한 언니, 하나부터 열까지 모든 것을 내게 친절하게 알려주던 친구들과 선배, 하나님의 말씀 안에 나를 도와준 수많은 은인들이 있었다.

하나님의 사랑을 더 많은 사람들에게 알리고 싶지만, 신앙이 강요로 되지 않는다는 걸 안다. 하나님께서 알려주신 조건 없는 사랑을 묵묵히 실천하기 위해 노력할 뿐이다. 저마다 지고 있는 인생의 무게를 함께 나누고, 견디고, 위로하고, 공감하고, 격려하고, 보듬으면서 살기 위해.

제품 검수 창고에서의 인턴십

유학생활 동안 방학 중에는 아르바이트를 했다. 대학생이 되고 난 후부터였다. 용돈을 직접 벌고 싶어서였는데, 주로 과외를 했고 아이 돌봄 일(babysitter)도 했다. 대학 3학년 때 는 모교 페이스쿨의 서머스쿨에서 영어를 가르치고, 후배들 의 기숙생활 지도도 했다(그때 지도했던 후배들은 가끔 나를 미스 성 혹은 선생님이라고 부른다. 동시대를 살면서 같이 나이 들고 있는 데…). 미국 시민권자가 아니어서 급여를 주기 어렵지만, 대신 일한 시간과 지급해야 할 액수만큼 학교에 기부한 것으로 기 록해주겠다는 학교측 제안을 나는 기쁘게 받아들였다. 나를 잘 키워준 학교에 그 정도 봉사는 할 수 있다고 생각했다.

유년 시절 아버지 권유로 하게 된 인턴십은 돈을 버는 것 이상의 색다른 경험을 한 소중한 시간이었다.

첫 번째 인턴십은 중학교 3학년 여름방학 때였다. 영원의 오랜 파트너인 미국의 E사. 방학 동안 언니와 함께 이 회사에 가서 일하게 되었다. 기간은 2주. E사는 세계 각국에서 스포츠 관련 제품들을 수입해서 판매하는 스포츠용품 토털 샵이다. 우리는 수입 제품 검수 일을 했다.

인턴 기간 동안 회사 임원의 집에 머물렀다. 그분은 새벽 5시에 일어나 운동을 한 후 출근했다. '우리 아버지는 일어나자마자 출근 준비로 매일 바쁘신데 운동까지 하고 출근하는 사람이 있다니, 미국 사람들은 진짜 부지런하구나.' 생애 첫 인턴십 첫날은 이렇게 시작되었다.

인턴은 우리 말고도 몇 명 더 있었다. 미국에 온 지 얼마 되지 않았을 때라 영어에 능숙하지 않았지만 열심히 일했다.

근무 장소는 물류 창고. 멕시코 등 남미, 인도네시아, 인도, 파키스탄 등 아시아에서 온 제품들 속에 우리나라에서 온 박스가 눈에 띄었다. 메이드인 코리아(Made in Korea). 영원의 제품이 들어 있는 박스였다. 불량 체크를 하는 곳에서 영원 제품을 만나다니! 고향 친구를 만난 것처럼 반가웠다.

제품 검수는 인턴들이 먼저 살펴본 후 상급자가 다시 확인하는 과정을 거쳤다. 폴리백을 열고 조심스럽게 물건을 살피는데 옆에 있던 품질검사팀 직원이 불평을 터뜨렸다. "어? 실밥이 있네? 이거 뭐야, 바느질이 삐뚤어졌잖아!" 순간 가슴이 철렁했다. 혹시 영원 제품이면 어쩌나 싶어서. 다행히 아니었다. 하자를 확인한 상급자가 한마디 던졌다. "이 회사 제품 정말 안 되겠네. 이런 업체와 계속 거래를 해야 하나?"

미국으로 간 지 얼마 되지 않았던 나도 알아들을 수 있는 영어였다. 내가 보기엔 별 문제 없어 보였지만, 물건을 사서 팔아야 하는 사람의 눈은 훨씬 예리했다. 하자는 절대 놓치지 않겠다는 눈빛이었다. 불량 제품 하나 때문에 업체에 대한 신용이 한순간에 무너질 수 있다는 사실을 그때 확실하게 깨달았다. 어린 나이에 비즈니스 세계의 냉혹함을 느꼈던 것 같다.

나중에 아버지께 전화로 말씀드렸다. "제품 불량 체크를 했는데요. 하자가 있는 제품이 있었어요. 저는 잘 안 보였는데, 그분들이 보기에는 아니었나 봐요. 다행히 영원 제품은 아니었어요. 신용은 백 마디 말이 아니라 오직 제품으로 보여주어야 하는 건가 봐요."

잘못된 제품을 만들어 팔았을 때 어떤 결과가 나오는지 아버지는 우리가 직접 경험하고 느낄 수 있도록 하신 거였다. 미국에서 영원 제품을 파는 직원들은 영원 제품에 대해 어떤 생각을 가지고 있는지, 소비자는 어떤 이유로 영원의 제품을 구매하는지, 현장 속에서 느껴볼 수 있는 기회를 주신 거였다. 내가 만드는 제품은 곧 내 얼굴이라 생각하고 제품을 잘 만들어야 인정도 받고 신용도 쌓인다. 인턴십을 통해 내가 배운 소중한 교훈이었다.

파리의 눈물 젖은 빵

그다음 해에는 프랑스에서 인턴십을 했다. 이번에는 혼자였다. 마르세이유에 본사를 두고 있는 P사에서였다. 당시 P사는 파리에서 열릴 스포츠웨어 업계 큰 행사를 준비하고 있었는데, 임시직 인턴도 그 일을 돕게 되었다.

유럽의 유명 스포츠웨어 업체들이 대거 참가하는 이 행사에서 인턴은 소소한 심부름을 시작으로 각자의 능력이나 장기를 살려 행사가 잘 마무리되도록 돕는 일을 했다. 나는 영어권 바이어와 상담하는 역할을 맡았다.

직원들은 자사 제품이 타사 제품보다 눈에 띄게 하려면 어디에 어떻게 배치해야 하는지, 부스를 방문한 바이어의 눈길을 더 끌려면 무엇을 어떻게 해야 할지 고민했다. 경쟁사 동향을 수시로 체크하면서 다음을 준비했다. 이들과 함께 일하며 정말 많은 것들을 체험할 수 있었다.

여기에 남기고 싶은 한 가지 '추억'이 있다. P사의 창업자는 독신 여성이었는데, 본사가 있는 마르세이유에 집이 있고 파리에도 집이 있었다. 성공한 창업자의 집인데도 밤에 잠만 자기 위해 사용하는 오피스텔 같은 곳이었다.

스포츠웨어 업계의 큰 행사를 위해 마르세이유에서 파리로 온 직원 모두 그곳에서 숙식을 해결했다. 침대는 가장 높은 분, 소파는 그다음 높은 분, 나머지 직원들은 바닥에서 잠을 잤다. 바닥도 나름 서열이 있어서 가장 막내인 나는 현관 바로 앞자리였다.

파리에서 첫날 밤, 현관 앞에 깔린 매트리스에 누워 얇은 이불을 덮었다. 코끝으로 찬바람이 스쳐갔다. 솔직히 내 모습이 좀 처량했다. 밤새도록 이불을 뒤집어쓰고 소리 죽여 눈물을 흘렸다. 춥고 서럽고 속상한 감정이 밀려왔다.

다음 날, 애써 밝게 아침 인사를 하고 식탁에 앉았는데 두 번째 서러움이 밀려왔다. 아침 식사는 손바닥 반밖에 안 되는 토스트 한 조각과 국그릇만한 큰 컵에 뜨거운 티 한 잔이 전부였다. 점심은 비린내가 유난히 심해 도저히 먹을 수 없었던 참치 샐러드.

한국에 있었다면 엄마가 끓여주는 김치찌개와 따뜻한 밥에 바싹 구운 햄을 얹어 먹고 있었을 텐데. 나는 어릴 때부터 식탐이 전혀 없는 사람이었지만 작은 토스트 한 조각과 티 한 잔이 전부인 아침 식사와 비린내 지독한 참치 샐러드 점심은 서울에 계신 엄마를 간절하게 떠올리게 했다.

아버지가 파리로 인턴십을 가라는 말씀을 하셨을 때 내색은 안 했지만 솔직히 기뻤다. 파리? 에펠탑과 개선문도 가고 몽마르뜨 언덕에 올라 집시들의 바이올린 선율과 거리의 화가들을 만나볼 수 있겠다 싶었다. 하지만 잔뜩 부풀었던 꿈이 산산조각 나는 데는 그리 오래 걸리지 않았다.

P사는 프랑스의 유명 스포츠웨어 업체다. 창업자 할머니는 돈이 많은데도 검소함이 몸에 배어 식사도 간소하게 하면서 오직 일에만 열중하셨다. 자기와 함께 일을 하러 왔다면 일 이외에 먹고 자는 일은 자신처럼 최소한으로 족하다고 생각하셨다. 아버지는 그가 어떤 집에서 살고 어떻게 회사를 운영하는지 가까이서 볼 수 있도록 기회를 만들어주신 것이다.

프랑스 인턴십은 '서러움'으로 시작했어도 일을 하면서 현지인들과 아주 가깝게 만날 수 있었고, 프랑스 사람들이 일하는 방식이나 문화를 접하는 소중한 시간이었다.

코로나가 유행하기 시작한 2020년 1월, 슬픈 소식이 전해졌다. 첫 인턴을 하며 머물렀던 미국 회사의 임원이 돌아가셨다고 했다. 그 집에 머물렀던 시간이 떠올랐다. 어느 날 밤 갑자기 언니가 아픈 적이 있었는데 그는 지체하지 않고 언니를 응급실로 데려가 치료받게 하셨다. 어쩌면 귀찮게 생각할 수도 있었을 텐데, 생면부지인 우리 자매를 친절하고 다정하게 보살펴주셨다. 출장에서 돌아오는 길에 장례행사에 들러 고인에게 마지막 인사를 전했다. '많이 감사했습니다.'

프랑스에서 인턴십을 했던 P사의 창업자 할머니는 여전히 강건하시다. 우리 직원들이 출장을 가서 그분을 만나 내 얘기를 했더니 보고 싶다고 하셔서 화상통화를 했다. 눈물 젖은 빵을 경험하게 해주신 분. 오랜만에 뵈었더니 당시의 추억이 떠오르면서 그렇게 반가울 수가 없었다.

아버지는 우리가 자라는 동안 '이렇게 해라, 저렇게 해라'

지시하신 적이 없다. 대신 되도록 많은 경험을 직접 할 수 있도록 기회를 만들어주셨다. 무엇이든 두 눈으로 보고 몸으로 체험하고 느끼기를 바라셨다. 동시에 그런 상황에서 우리가 어떻게 처신하고, 대응하고, 무엇을 배웠는지 살피셨다. 아버지는 우리에게 그렇게 경영수업을 하신 것이다.

어느 인터뷰에서 아버지가 하셨던 말씀이 기억난다.

"학교에서의 배움은 매우 중요하다. 하지만 책상 앞에 앉아만 있는 건 한계가 있다. 심부름도 열심히 하면 결국 내 자산이 된다. 세상에 천한 일은 없다. 몸으로 부딪쳐 깨우치는 가르침이 평생 뼛속 깊이 남는 진짜 가르침이다."

그런데 아버지는 아직까지 모르신다. 말씀드린 적이 없으니까. 프랑스에서 내가 눈물 젖은 토스트와 샐러드를 먹으면서 현관 앞에서 찬바람 맞으며 잘 때 얼마나 서러웠는지. 따로 챙겨온 돈도 없고 시간도 없어 먹고 싶은 걸 사 먹지도 못할 때, 내가 주워온 아이인가 싶어 진심 속상했었다는 사실을.

출장의 목적

유학을 떠난 후 미국에서 맞이한 두 번째 추수감사절 방학 때였다. 모처럼 긴 방학이라 한국에 갈 생각으로 들떠 있었는데 아버지가 자메이카 출장에 동행하자고 연락을 하셨다. 미국에서 만나 함께 가자고.

자메이카? 수업시간에 들어보긴 했지만, 내게는 생소한 국가였다. 다양한 인종이 뒤섞여 사는 미국에 있어도 기숙사 생활을 하며 학교에서 만나는 친구들은 제한되어 있었다. 어쨌든 나는 아버지와 함께 간다는 사실만으로도 기뻤다.

자메이카는 초겨울인데도 살갗에 닿는 뜨거운 태양의 감촉부터 생소했다. 도착하자마자 바로 공장으로 향했다. 수수한 듯하면서 총천연색이 공존하는 거리를 지나며 '아버지는 어떻게 지구 반대편 이 나라까지 와서 일을 하실까?' 하는 생각이 들었다.

비포장도로를 달려 도착한 공장은 그동안 내가 보아온 공장과는 사뭇 다른 모습이었다. 공장 가득 신나는 음악이 흘러 나왔다. 드르르르륵, 재봉틀 소리만 규칙적으로 들리는 우리나라 공장과는 분위기 자체가 달랐다. 재봉틀이 나란히 놓여 있는 풍경은 같았지만 그 앞에 앉아서 일하는 언니들의 모습은 확연히 달랐다. 우리나라 언니들보다 체구가 큰 언니들은 총천연색 옷을 자유롭게 입고 있었다. 키도 그고 손도 큰 언니들이 엄지손가락만한 작은 쪽가위를 들고 실밥을 정리하는 모습을 한참 지켜봤다. 큰손 안에서 보이지도 않는 쪽가위가 족집게처럼 실밥을 골라내는 모습은 신기하기까지 했다.

다음 날 아침에는 아버지 혼자 공장으로 가셨다. '난 뭐지? 출장을 따라온 게 아니라 여행 온 건가? 아버지는 왜 나를 이곳에 데리고 오신 걸까? 무엇을 보고, 무슨 생각을 하고, 무엇을 느끼길 바라신 걸까?' 숙소에 남은 나는 끝없이 되물었다. 다른 언어, 다른 문화, 다른 인종, 다른 종교, 다른 국가 시스템을 극복하면서 일하시는 아버지가 새삼 대단해 보였다.

이후로도 아버지 출장에 동행한 적이 많다. 언젠가는 수영복을 챙기라고 하셨다. 수영복은 왜 챙기라고 하신 걸까? 이번엔 출장이 아니라 여행을 가시는 건가 생각했다. 들뜬 마음으로 떠난 곳은 버마였다. 지금은 미얀마로 나라 이름이 바뀐 버마 역시 내게는 생소한 국가였다. 버마에 우리나라의 다른 기업이 운영하던 옷 공장이 매물로 나와 그 공장을 보러 가신 출장이었다. 잠시 수영이라도 하고 싶었지만 버마는 마침 우기여서 매일 내리는 비로 호텔 수영장은 수영을 할 수 있는 상태가 아니었다.

아버지를 따라 공장에 갔다. 커다란 건물만 덩그러니 있었다. 공장 문을 열고 들어가니 먼지가 잔뜩 쌓인 재봉틀이 열을 맞춰 침묵하고 있었다. 처음 보는 광경이었다. 내가 가본 공장은 언제나 미싱 소리, 사람들 이야기 소리, 발소리 그리고 자메이카 공장처럼 신나는 음악 소리까지, 온갖 소리들로 북적대는 곳이었다. 새로운 제품이 끊임없이 만들어지는 활기찬 생산 현장, 내 머릿속 공장의 모습과 달라도 너무 달랐다. 모든 기계가 멈춘 버마 공장은 충격이었다. 버마 공장은 당시에 검토만 했을 뿐 진출은 무산되었다. 아버지의 결정에는 내가 느낀 충격과는 또 다른 많은 이유가 있었을 것이다.

아버지는 공장이라면 무조건 인수하는 분인 줄 알았다. 버마에 나를 데려갈 정도로 적극적이셨는데, 왜 그 공장은 인수하지 않으셨을까? 경영인이 되고 보니 이제야 아버지의 뜻을 이해하게 되었다.

아버지는 시장이 '움직이는 생물'이라는 점을 잘 알고 계신다. 시장은 끝없이 바뀌는 숨쉬는 생물과 같고, 공장은 시장을 무시할 수 없다. 또한 시장은 기다려주지 않기에 덤빌 때 덤벼서 선섬해야 한다. 그렇다고 무턱대고 공장을 세워서는 안 된다. 시장의 아주 작은 조짐까지 중요하게 살피며 경영하셨기에 지금의 영원이 있을 수 있었다. 버마 공상은 여러 가지 면에서 수익창출과 거리가 멀었던 것 같다.

섬유업은 반도체나 IT에 비해 대중의 주목을 덜 받는 산업이다. '사양산업'이라고 하는 사람들도 있는데, 아버지는 "사양기업은 있어도 사양산업은 없다."는 말로 일침을 가하신다. 인간에게 꼭 필요한 의식주 중 하나인데 어떻게 사양산업이 되겠는가? 아버지의 지론이고 나 역시 적극 동의한다.

버마 공장 인수는 안 했지만 영원무역은 한때 자메이카와 멕시코에 진출했었고, 지금은 엘살바도르, 아프리카, 중앙아시아까지 진출했다. 사실 편안하게 경영하고 싶다면 여기까지만 하겠다고 선을 긋고 수익성 관리만 해도 전혀 문제가 없을 것이다. 그러나 아버지는 세계의 공급망이 어떻게 돌아가는지, 우리 바이어가 어떤 구매 전략을 세울지 미리 파악하고 검토해서 그에 맞는 도전과 개척을 끊임없이 해오셨다.

'한 치 너머 두 치 앞을 살피는 일', 영원무역이 사양기업이 되지 않고 나날이 발전하는 기업으로 거듭나게 만든 내 아버지, 성기학 회장님의 비결이다.

여기서 아직도 궁금한 게 있다. 버마 출장을 가던 날, 아버지는 그럴 여유가 없다는 걸 잘 아셨으면서 왜 내게 수영복을 챙기라고 하셨던 걸까?

3부

영원이 남겨야 할 영원한 유산

영원무역 인재상

양성평등 우수기업. '영원무역홀딩스' 하면 떠오르는 이미지다. 우리 회사에는 현재 12명의 고졸 및 전문대졸 임원이 있고 그중 10명이 여성이다. 임원뿐 아니라 사내 여성 비율이 다른 회사에 비해 높다. 방글라데시 최초로 여성을 대규모로 고용한 외국 기업이기도 하다. 이것은 우리 회사가 여성 친화 기업이 되어야겠다고 작정하고 만든 결과는 아니다. 아버지가 늘 강조하신, 중요한 것은 학력이나 성별이 아닌 그 사람의 능력과 열정이라는 영원무역의 인재상을 평소 실천했기에 가능했다.

우리 회사는 회식 문화가 없다. 아이 키우는 엄마들이 많다

보니 퇴근 후 다른 활동 없이 귀가하는 분위기다. 아이가 셋인 직원도 많다. 출산과 육아를 하면서도 일할 수 있는 회사이니 자녀 계획에 대한 부담이 적은 편이다. 나도 아이가 둘이다. 회사 다니면서 출산하고 별 무리 없이 일에 복귀했다. 회식이 없으면 직원끼리 어떻게 가까워지냐는 말을 듣기도 하는데 출장이 잦은 편이라 그럴 때 같이 지내면서 친해지고 돈독해진다.

아버지가 직원을 채용할 때 면접하시는 모습을 오랫동안 지켜봤다. 무역회사이니 영어 능력을 중시하고, 의류 산업 관련 전공자는 더 눈여겨보셨지만 이력서 내용만으로 사람을 판단하지 않으셨다.

열정과 의지가 있는지 먼저 살피셨고, 성실함에 큰 점수를 주셨다.

"일을 하면서 정직한 사람이 가장 좋지. 그런데 요즘은 정직한 사람을 뽑는 것도 중요하지만, 정직의 가치를 잘 모르는 사람에게 우리 회사에 들어와 정직이 스스로에게 얼마나 큰 자산이 되는지 알게 해주는 것도 필요하다는 생각이 든다."

한쪽 면만 보지 말고 다양한 면을 고루 살펴야 한다는 아버지의 가르침은 내가 면접 볼 때도 중요한 기준이 되었다.

나는 면접을 볼 때 드라마나 영화 속 면접 장면처럼 지나치게 격식을 갖추거나 딱딱한 분위기를 좋아하지 않는다. 면접자가 반드시 검정색 정장을 갖춰 입을 필요는 없다고 인사팀에게 말해 둔다. 다 똑같은 옷차림이면 누가 누구인지 기억에 남지도 않고 사람을 파악하기도 어렵다. 짧은 시간 안에 자기소개와 이력 등으로 판단해야 하는데, 옷차림이 개성 있으면 그 사람을 파악하는 데 조금 더 도움이 된다.

면접 할 때 면접자가 나를 평가할 수도 있다는 생각으로 임한다. 상대도 나를 보면서 회사에 호감이 더 생길 수도, 아닐 수도 있을 테니까. 단정한 차림과 자세로 친절하게 대하려고 노력한다. 다만 드라마 속 세팅처럼 그럴싸한 모습은 아닌 듯해서 미안한 마음이 들기도 한다. 나는 주로 일하는 도중에 시간을 내서 면접을 볼 수밖에 없다. 그러다 보니 혹시 캐주얼한 면접 분위기에 조직화가 잘 안 된 회사인가 하고 면접자가 오해할 수도 있겠다는 생각이 든다. 하지만 현재 내 상황에서는 함께 일하기에 잘 맞는 사람인지 탐색하고 집중하는게 형식이나 격식보다 더 중요하다.

면접을 볼 땐 맞선을 보는 것처럼 긴장한다. 면접자도 긴장하겠지만 나 역시 마찬가지다. 몇 가지 질문과 대화를 통해 서로를 잘 파악하기 바라는 마음으로 최선을 다한다. 지금은 처음보다 덜 긴장하는 편이다. 많은 사람을 만나 보니 우리 회사에 들어오고 싶어하는 사람인지 아닌지 정도는 파악할 수 있게 되었다. 걸음걸이만 봐도 알 수 있다.

학벌이나 성적보다 자기 본분에 충실했던 사람에게 더 후한 점수를 준다. 삶이 너무 들쑥날쑥했던 사람은 신뢰하지 않는 편이다. 그럴 땐 자세히 묻는다. 인생의 이 시기에 왜 이런 공백이 생겼는지, 특별한 사정이 있었던 건 아닌지 확인한다. 타당한 이유라면 인정하고 다른 부분에 초점을 맞춰 묻고 듣는다.

경력직 면접에서 주로 체크하는 것 중 하나는 경력관리다. 지금 왜 영원에서 일하고 싶은지 집요하게 묻는다. 어떤 목표가 있는지 확인한다. 1, 2년 잠깐 지내기 위해 온 사람이라면 내가 만나는 10분도 아깝다. 큰 낭비다. 나는 자기소개서를 매우 꼼꼼하게 읽는다. 자기소개서에서 자기성찰 부분을 중점적으로 본다. 자기 자신을 얼마나 객관적으로 파악하고 있는지, 어떤 점을 어떻게 보완하고 싶은지, 앞으로 어떤 사람이 되고 싶은지 등이 주요 관심사다.

이런 면접 과정을 거쳐 입사자를 결정하고, 좋은 사람이 입사하면 이루 말할 수 없이 행복하다. '아, 우리 식구가 또 늘었구나, 잘 지냈으면 좋겠다' 생각한다. 나는 사람을 좋아한다. 수만 명의 식구들이 있지만 서로 관계를 맺고 신뢰를 쌓아가는 과정에서 사람에게 스트레스를 받은 적은 없다. 간혹 예외가 있긴 하다. 실수나 사고는 수습하면 되니 괜찮지만, 숨기고 거짓말하고 자기 잘못을 인정하지 않는 사람에게는 마음이 잘 가지 않는다. 다행인 건 그런 사람이 매우 극소수라는 점이다.

"일은 하면 잘 되는 것이지만, 사람과의 관계는 상호작용이 매우 중요하다. 내가 얼마나 마음을 쏟느냐를 상대방도 안다."

이 또한 아버지의 가르침이다.

직원들의 경조사는 꼭 챙긴다. 코로나 이전에는 직원의 청첩장을 받으면 결혼식에 꼭 참석해서 부모님께 축하 인사를 직접 드렸다. 참석이 어려우면 축하 메시지를 꼭 보낸다. 조사에는 더 참석하려고 애쓴다. 슬픈 일에 함께하는 것이 진정한

커뮤니티라고 생각하기 때문이다. 다만 출장이나 중요한 회사 일정으로 발목을 잡히는 경우가 있다. 그럴 때는 마음이라도 전한다.

나는 주로 포옹으로 내 마음을 표현한다. 기쁜 일에도, 슬픈 일에도 꼭 안아주며 축하와 위로를 전한다.

영원 가족들은 모두 어디에서나 인정받는 탁월한 인재다. 스스로 노력하고 발전하는 사람에게 기회를 주다 보니 모두가 열심히 일한다. 실력 있는 사람들이 최선을 다해 노력까지 한다. 이런 직원들을 누가 이길 수 있을까. 나 또한 영원의 인재가 되기 위해 오늘도 열심히 노력하고 있다. 영원 가족 모두 함께 전진하면서 서로가 서로를 따뜻하게 포옹하고 다독이며 온기를 나눌 수 있기를 바란다.

영원의 레거시(legacy), 영원한 레거시

"주 여호와의 영이 내게 내리셨으니 이는 여호와께서 내게 기름을 부으사 가난한 자에게 아름다운 소식을 전하게 하려 하심이라 나를 보내사 마음이 상한 자를 고치며 포로된 자에게 자유를, 갇힌 자에게 놓임을 선포하며 여호와의 은혜의 해와 우리 하나님의 보복의 날을 선포하여 모든 슬픈 자를 위로하되 무릇 시온에서 슬퍼하는 자에게 화관을 주어 그 재를 대신하며 기쁨의 기름으로 그 슬픔을 대신하며 찬송의 옷으로 그 근심을 대신하시고 그들이 의의 나무 곧 여호와께서 심으신 그 영광을 나타낼 자라 일컬음을 받게 하려 하심이라."_이사야 61장 1~3절

존경하는 목사님이 이사야 61장의 말씀을 전하며 격려해 주신 적이 있다. 영원무역홀딩스 대표이사로 선임되고 많은 분의 도움으로 한 걸음씩 앞으로 나아가고 있지만, 이 자리가 참으로 외로운 자리라는 점을 깨닫는 데는 오래 걸리지 않았다. 대표이사로서 책임을 혼자 오롯이 감당하고, 전 직원을 이끌며, 매 순간 결단하고 행동으로 보여줘야 했다. 출근할 때마다 머릿속은 늘 복잡했고, 하나님을 향해 수많은 질문을 쏟아냈다.

왜 저를 사업하는 집의 딸로 태어나게 하셨나요? 왜 우리 사업을 여러 나라로 확장하게 하셨나요? 이곳에서 제가 해야 할 역할은 무엇인가요? 우리 직원들은 하나님의 보호를 받을 수 있나요? 억울한 일 앞에 우리가 할 수 있는 일은 없나요?

질문은 매일 갱신되었다. 그때마다 같은 음성이 들려왔다.

'그곳이 네가 있어야 할 자리니 그냥 있으렴. 지금처럼 예배하고, 사람들을 격려하고 사람들의 필요를 채워주는 게 네 일이란다. 너는 내가 책임질 테니 외로워하지 말아라.'

이 대답 덕분에 지금껏 버틸 수 있었다. 그리고 하나님을 알게 된 덕분에 내가 겪어보지 못했던 가난과 아픔, 고통과 슬픔을 내 상황처럼 이해하고 보듬을 수 있었다.

전 세계에서 일하고 있는 영원의 직원은 9만 명에 가까워졌다. 나는 비즈니스적인 목표보다 영원 가족들이 어떻게 하면 더 평안할 수 있을지를 고민한다. 하나님께서 내게 맡겨주신 가족이라고 생각하기 때문이다. 신앙 덕분에 사람을 귀하게 여기는 마음, 함부로 판단하지 않는 태도를 갖게 되었다. 하나님 말씀을 실천하면서 진짜 부자가 되었다고 생각한다. 물질적 부자가 아닌 돈에 얽매이지 않는 마음 부자.

회사는 결코 내 것이 아니다. 인간은 누구나 세상에 잠시 왔다가는 나그네이고, 나도 다르지 않다. 지금의 직책은 잠시 맡겨진 임무일 뿐이다. 나는 주인이 아니라 그저 한 시기 동안 모두가 행복할 수 있도록 잘 관리하는 사람이다. 동료들이 삶에 대한 열정과 소망을 가지고 일하는 곳이 되도록 만드는 일, 이것이 내가 진짜 해야 할 일이다.

1947년생인 아버지는 전쟁을 겪으셨다. 어려움에 처한 사람들을 많이 보셨다. 창녕에서 살던 집안 사람들은 항상 이웃과 음식을 나눴는데 절대 티 내지 않는 것이 불문율이었다고 한다. 창녕 이웃에 살던 아버지 지인을 뵈었을 때 "너희 집안은 좋은 일을 많이 하면서 굳이 외부에 알리려 하지 않았다."는 말씀을 들었다.

아버지의 '레거시'는 '사람을 향한 마음'이었다. 지금도 누군가의 인생에 도움이 되는 일이라면 마다하지 않으신다. 나는 아버지가 어려운 동료를 돕고 이웃을 돕는 걸 보면서 자랐다. 지금도 자신이 하기 힘든 일을 기꺼이 감당하신다. 근래에도 매일 바쁜 업무로 빡빡한 일정을 보내면서도 업계의 시니어 역할을 해야 한다며 한국섬유산업연합회 회장, 국제섬유생산자연맹 회장 등의 직책을 맡으셨다.

아버지의 레거시를 잘 이어받아 확장시키는 것, 그것이 내가 해야 할 일이다. 이 시대에 필요한 게 무엇인지, 과연 어떤 것을 남겨야 할지 지금부터 고민하고 있다.

내가 경영에서 중점을 두고 마음을 쓰는 것 중에 다음 세대의 부담을 덜어주려는 키워드가 몇 개 있다. 첫 번째로 저출산이다. 서로 사랑하는 사람이 만나 가정을 이루고 아이를 낳아 키우는 일을 기피하는 현실이 매우 안타깝다. 보다 많은 여성들이 사회 참여의 기회를 많이 갖고 경제적으로도 기여할 수 있는 방안을 찾고 싶다. 특히 여성의 사회참여 기회 확대와 일자리 창출은 심각한 출산 문제를 해결하기 위한 방안의 하나로 적극 추진되어야 한다. 저출산에 노동인구 감소는 국가경쟁력의 저하와 직결되기에 더욱 그렇다.

영원무역은 1980년 방글라데시에 진출하면서 외국기업 최초로 대규모 여성 고용을 했다. 여성이 집밖으로 나가는 일이 드물던 시절이었다. 최근까지도 여성의 밤 근무가 허용되지 않던 나라였지만, 지금은 많이 바뀌었다. 여성이 일자리를 얻으면서 가정 경세가 풍요로워졌고 아이들이 마음 놓고 학교에 다닐 수 있게 되었다. 개인, 가정, 사회가 변화하는 모습을 보면서 여성 일자리에 대한 고민이 더욱 깊어지고 있다. 더 나은 방식으로 더 많은 사람에게 기회를 주고 싶다.

두 번째는 환경 문제, 자연 파괴로 무너져가고 있는 생태계를 되살릴 수 있는 생물 다양성 문제 해결과 노력에도 일조하고 싶다. 눈앞에 당장 닥친 위험이 아니라 해도 지금부터 준비하지 않으면 안 될 일들이다.

환경문제는 따로 말하지 않아도 그 심각성에 대해 충분히 알 것이다. 환경에 대해 고민하다 보니 자연스럽게 생물 다양성 보존에 관심을 기울이게 되었다. 어느 한 종이 멸종하면 도미노처럼 생태계가 무너지게 된다. 지구는 밸런스가 깨지는 순간 사라질지도 모른다. 걷잡을 수 없는 상황을 마주하기 전에 더 관심을 가지고 내가, 우리 영원이 할 수 있는 일을 하고 싶다.

마지막으로, 문화적 후원을 빼놓을 수 없다. 인간으로 살아 있어 행복하다고 느끼게 해주는 문화를 보다 많은 사람들이 공유할 수 있게 하는 일에 지원을 아끼지 않으려 한다. 사실 나는 문화생활을 할 여유가 없다. 골프는 상상도 할 수 없다. 바쁘게 사느라 운동도 취미생활도 못하지만, 그래도 시간이 나면 즐겨하는 게 하나 있다. 발레 공연 관람이다. 국립발레단 이사장님과 후원회 고문님의 초대로 발레를 처음 접했는데, 발레 공연 관람은 어느새 내 일상에서 숨쉴 곳이 되었다.

발레에 대한 지식이 전혀 없었지만, 처음 관람한 때부터 푹 빠졌다. 사람의 몸짓이 어찌 저리 예쁠 수 있는지, 얼마나 노력해야 저런 공연을 올릴 수 있는지, 춤으로 감동시키는 사람들의 노력은 무엇인지 궁금했다. 자꾸 보다 보니 그들과 사업을 하는 우리와의 공통점이 보였다. 그들도 우리처럼 자신의 자리에서 완벽하게 임무를 완수하기 위해 매 공연마다 공을 들이고 매 순간 노력하고 있었다. 단 한순간도 한눈 팔지 않아야 최고의 공연이 가능한 무용수의 삶과 단 한 번도 실수하지 않도록 긴장하며 살아야 하는 사업가의 삶은 묘하게 닮아 있었다.

사업과 다른 듯 닮은 발레는 신선하면서 친근했다. 숨가쁘게 달리느라 시간에 가속도가 붙을 때마다 브레이크를 잡기 위해 발레 공연장을 찾았다. 주변에 발레를 권하고 발레단 후원도 한다. 비교적 은퇴가 빠른 그들의 고민을 듣기도 하고 함께 이야기를 나누면서 인생은 모두 비슷하다는 걸 새삼 느끼기도 했다. 발레 덕분에 내 삶이 인간답게 유지되는 걸 보며 문화예술의 중요성과 필요성을 절실히 깨닫는다. 그들에게 혜택을 받는 입장에서 예술이 오래도록 우리 곁에 남기를 응원한다.

이런 다양한 생각을 내 안에서 어떻게 펼쳐나갈지 자주 고민한다. 꼼꼼하고 세심하며 여전히 트렌디하기까지 한 아버지의 레거시도 더욱 풍성해질 것이다. 우리가 함께 오늘도 내일도 계속해서 나아가고 있으니 영원의 레거시는 더 확장될 것임을 믿어 의심치 않는다.

내 뒤에 아버지가 계신다는 믿음

내가 가장 힘들어하는 사람은 거짓말하는 사람이다. 남 탓을 하면서 자기 책임을 인정하지 않는 사람이다. 인간은 누구나 책임을 피하고 싶은 마음이 있다는 걸 안다. 하지만 일할 때만큼은 그래서는 안 된다.

"실수는 바로잡으면 된다. 잘못을 인정하지 않으면 작은 실수라도 일파만파 수습이 더 어려워질 수 있다."

아버지 말씀은 나를 향한 경고이기도 하다. 대표이사는 매 순간 책임이라는 무거운 굴레를 쓰고 있다. 대표이사가 남 탓을 하기 시작하면 대책이 없다. 믿고 기댈 사람이 없는 회사에서 어느 누가 최선을 다하겠는가? 실수나 사고도 고군분투

하는 중에 생기기 마련이다. 열심히 일하다가 생긴 실수인데, 책임져주는 사람이 아무도 없다면 그 누구도 다시 열심히 일하기 힘들어진다.

우리 회사는 세계 각국에 생산공장과 사업체가 있고 바이어도 전 세계에 흩어져 있다. 공장이 있는 나라마다 지리적 문제, 국가 시스템, 상황이 제각각이라 이 모든 것을 조율해야 한다. 국제정세도 마찬가지다. 나라별 대응 전략이 달라진다. 나라별로 상황이 매일 급변하니 하루도 고요한 날이 없다. 직원들이 얼마나 애쓰고 있는지 잘 안다. 매일 출근할 때마다 마음을 다잡는다. 당신들이 할 수 있는 길 마음껏 해라. 뒤에는 내가 있다. 다소 비장해 보이지만, 그래야 탈 없이 하루를 마무리할 수 있다.

이 무게에 짓눌려 휘청거릴 때도 있다. 다행히 내 뒤엔 아버지가 계신다. 아버지는 내게 든든한 '빽'이다. 걱정되는 사안이 생기거나 수습 규모가 커질 듯하면 아버지께 보고드리고 상의한다. 이런 일이 대표이사를 맡은 후 2년에 한 번 정도 있었던 것 같다. 그럴 때마다 아버지는 평온한 얼굴로 같은 말씀을 하셨다.

"너무 걱정하지 말아라. 별일 없을 게다. 이번에도 우리는 잘 극복할 수 있을 게다."

이 말을 들으면 불안으로 요동치던 내 가슴이 바로 진정되었다. 코로나 팬데믹이 시작됐을 때도 아버지가 계셨기에 더 신속하고 더 정확하게 대처할 수 있었다. 국내외 공장 곳곳에서 확진자가 나오면서 모든 것이 멈췄을 때는 처음 겪는 사태에 불안이 밀려왔다. 어떻게 해결해야 하나 고민하는 사이 아버지는 화상통화로 전 세계 임원을 불러 위기 상황을 극복하기 위해 필요한 구체적인 지시를 내리셨다.

아버지에겐 창사 이래 단 한 번의 적자를 내지 않고 회사를 성장시키면서 축적한 경험이 있다. 코로나와 같진 않아도 예측 불가능했던 상황이 언제나 있었고, 불확실한 상황에 대처했던 데이터를 가지고 계신다. 시대가 변하는 동안 그 데이터를 상황에 맞게 적절하게 잘 활용하셨다.

살아서 움직이는 생물과 같은 시장이 얼마나 변화무쌍한지 잘 알고 계신 아버지는 정해진 정답을 쫓는 분이 아니다. 불변의 정답은 있을 수 없다고 생각하셨다. 정답보다는 그때그때 상황에 맞는 최선책이 무엇인지 찾으셨다. 오답은 정답 앞에 무릎 꿇지만, 최선책은 무릎 꿇을 정답이 없다. 그 상황에서 가장 적합한 것을 기필코 찾아내겠다는 의지가 있다면 정답은 아니더라도 현명한 길을 갈 수 있다.

어떤 경우에도 포기만 하지 않으면 된다. 아버지는 포기를 모르신다. 어떤 난관이든 결단을 내리고 주저하지 않고 나아가신다. 어떤 모양으로 몰아칠지 모르는 파도를 기다리는 서퍼처럼 언제나 유연한 자세로 파도에 올라타고 멋지게 넘으셨다. 늘 어려운 파도를 마주해야 하는 아버지는 외로움을 타지 않는 성정을 지니셨다. 스스로 잘 컨트롤하고 주변에 크게 휘둘리지 않으신다. 내가 경영인으로 정말 닮고 싶은 점이다.

처음 겪는 문제에 맞닥뜨리고 불안에 짓눌릴 때면 걱정 말라는 아버지의 음성을 떠올린다. 그러면서 다짐한다. 아버지의 가르침과 격려를 늘 유념하는 경영인이 되겠다고.

돈에 대한 가치관

"엄마, 나 궁금한 게 있어."

딸 아이가 옆으로 와 바짝 붙어서 소곤거리기 시작했다.

"엄마, 할아버지랑 엄마 선물 사준다고 백화점에 왔는데 왜 할아버지가 선물을 고르셔? 엄마가 가질 선물이니 엄마가 직접 골라야지."

"할아버지 안목이 좋으셔서 그래. 할아버지 회사에서 좋은 거 많이 만드니까 할아버지가 잘 아시겠지."

"치, 그래도 엄마가 직접 사고 싶은 게 있을 텐데…."

선물로 사준다고 하시고는 정작 자신이 고른 것이 진짜 좋다고 권하는 할아버지가 아이 눈에는 영 이상한 모양이었다.

아버지와 내가 백화점에서 물건을 함께 고르기 시작한 건 최근의 일이다.

아버지는 체격이 좋아 뭘 입어도 멋지다는 얘기를 듣는데, 아버지가 입으시는 옷은 유명 브랜드도 비싼 옷도 아니다. 어느 해 기념일에는 아버지에게 어울리는 넥타이를 사드리고 싶어 꽤 고급 브랜드 제품으로 선물한 적이 있다. 아버지는 고맙다고 하셨지만, 그 넥타이를 매신 걸 한 번도 본 적이 없다.

"아버지, 제가 그때 선물로 사드린 넥타이 좀 매보시죠?"

"이제 그런 거 사 오지 마라. 나는 내 트레이드 마크 넥타이가 따로 있어. 너도 잘 알잖아."

아버지가 즐겨 매는 넥타이는 아주 오래 전 미국 공항의 중저가 매장인 타이 렉(Tie Rack)에서 사신 거였다.

"거기 짜장면 튀면 금방 표 날 거 같은데. 이제 좀 새것으로 바꿔 매세요."

"잘 닦고 세탁하면 되지. 쓸데없이 비싼 넥타이 사올 필요 없다."

기업가들은 비싼 명품을 선호한다고 생각하는 사람들이 많은데, 그건 편견이다. 명품만 찾는 사람도 있다지만 모두 그런 것은 아니다. 특히 우리 아버지는 그런 편견과는 거리가 아주 멀다.

아버지는 돈에 관해서만큼은 매우 확고한 철학을 가지고 계신다. 돈은 돈을 필요로 하는 곳에 쓰여야 한다는 것.

선물을 사주겠다고 백화점에서 만나자고 하신 것도 전례 없던 일이다. 이제서야 백화점이 손주들과 식사하고 차 마시고 선물도 고를 수 있는 공간이라고 생각하신 듯하다. 백화점에서 선물을 고를 때는 아버지가 납득할 만한 브랜드여야 한다. 눈에 띄는 명품이나 터무니없이 비싼 곳이면 처음부터 탈락이다.

"아버지, 이거 예쁜 것 같아요."

"너무 작아. 이거 봐라, 이렇게 뭐든 많이 들어가야 실용적인 가방이지."

소재부터 바느질 간격까지 꼼꼼하게 살피며 골라주시는 가방은 열에 아홉은 서류가방이다. 여행가방처럼 보일 수도 있다. 아버지에게 가방은 필요한 서류가 빠짐없이 전부 안전하게 들어가는 튼튼한 가방이어야 한다. 쓸모와 기능 외에도 아버지에게 물건은 그 목적을 다할 때까지 튼튼해야 한다는 엄격한 기준이 있다.

이런 기준은 당연히 영원 제품에도 해당한다. 아버지는 소위 '패스트 패션(최신 유행을 즉각 반영한 디자인, 비교적 저렴한 가격, 빠른 상품 회전율로 승부하는 패션 또는 패션 사업을 뜻하는 말)'에 대해서는 회의적이시다. 아버지가 생각하는 좋은 상품은 유행을 많이 타지 않고 내구성이 좋아 생각보다 오래 쓸 수 있는 것이다. 소비를 계속 부추기기보다 견고하고 오래가는 좋은 품질의 상품을 선보이고 그것을 관리하는 방법을 알려주는 것이 우리가 할 일이라고 말씀하신다. 나중에 다른 사람에게 물려줄 수 있고, 그랬을 때 받는 사람이 너무 좋다는 이야기까지 들을 수 있는 제품을 만들어야 한다는 것.

평생 이런 이야기를 듣고 자라서인지 나도 물건을 오래 쓰는 편이다. 옷도 꼭 필요한 것만 산다. 특별한 행사가 있으면 그 자리에 맞는 옷으로 1년에 한 벌 정도 산다. 모임에 가면 값비싼 옷을 잘 차려 입은 사람이 많은데 굳이 나까지 그 대열에 서야 할 필요는 없다. 예의에 어긋난 드레스코드가 아니면 그것으로 족하다.

심사숙고해서 산 옷을 입고 나가면 아버지는 여기저기 살펴보고 만져보신다. 어디서 얼마에 샀냐고 묻지 않으신다. 대신 제대로 잘 만든, 품질 좋은 옷인지 확인하신다.

자주 사지 않는 만큼 한 번 산 옷은 오래 입는다. 제대로 된 옷을 사서 오래 입자는 게 나의 패션 철학이다. 20년 된 옷도 많고 그 이상 된 옷도 있다. 항상 깨끗하게 관리해놓으니 오래 입어도 아무 문제 없다. 젊을 때나 지금이나 체형이 변하지 않아서 여전히 잘 맞는다. 처음부터 유행을 잘 타지 않는 옷을 사지만, 필요하면 유행에 맞게 수선해서 입는다. 오래된 금색 넥타이를 아직도 아껴 매시는 영락없는 우리 아버지 딸이다. 그렇다. 난 어디서 주워 온 딸이 아니다(하하).

"공장집 딸이 너무 화려하면 안 된다." 뒤에 따라붙는 아버지 말씀은 "돈이 나를 지배하지 못하게 해야 한다."는 것이었다. 창녕 성씨 집안은 대대로 사업가 집안이었어도 선조들 모두 세상의 가치를 돈에 두지 않았다.

증조할아버지는 일제 강점기에 사재를 털어 학교를 세우셨다. '자양강습소'라는 이름의 신학문을 가르치는 학교였다. 창녕에서 농민들에게 농업기술을 전파해 대규모 양파농장을 했던 할아버지는 항상 길게 보고 정직하게 운영하셨고, 그 모습을 보고 자란 아버지는 돈에 휘둘리지 않고 꼼수 부리지 않는 사업가가 되었다. 나 역시 돈이 세상의 중심에 있지 않다.

덕분에 덜 괴롭고 많이 가볍다. 좋은 가풍을 만난 복이다.

젊어서는 또래 여느 여자 아이들처럼 옷도 좋아하고 가방도 좋아했다. 그러나 오래 가지 않았다. 요즘은 뭘 하나 사는 것이 망설여진다. 언젠가부터 뭘 더 가져야 할 이유가 사라졌고, 필요 이상으로 소유하지 않게 되었다.

"하나를 가지면 하나에 얽매이고, 둘을 가지면 둘에 얽매이고, 하나를 버리면 하나에서 자유롭고, 둘을 버리면 둘에서 자유롭다. 그 모든 것을 버리면 모든 것에서 자유로울 수 있다. 모든 상념(常念)은 집착에서 나온다."

아버지는 종종 무소유(無所有) 정신을 말씀하신다. 삶에서 유념해야 할 가르침으로 알고 명심하고 있다.

미래보다 현재에 충실할 것

자정이 넘은 시간이었다. 방글라데시 총괄 책임자에게 전화가 걸려왔다.

"공장에 불이 났습니다."

부모님 댁에 함께 살 때였다. 개인 휴대전화가 없던 아버지 대신 나에게 전화를 건 것이었다.

"심각한가요?"

"지금 진압 중인데요. 여러 가지 상황이 열악하고 안 좋아서 진압이 원활하게 될지 모르겠습니다."

"회장님께 바로 말씀드리고 다시 연락드릴게요."

다른 시설에 비해 공장은 화재에 더 많이 노출된다. 누전,

과부하 등 전기 설비 문제, 날씨 등 자연재해 문제를 비롯해, 많은 사람들이 생활하는 곳이다 보니 불씨가 남아있는 담배꽁초 같은 개인의 실수로 인한 화재 등 원인이 다양하다. 당시 화재도 원인을 명확하게 밝히지는 못했다. 다행히 직원들이 다 퇴근한 후 불길이 번져 인명피해는 없었다. 하지만 건물이 워낙 밀집되어 있어서 더 큰 화재로 번질 위험이 컸다. 공장 인근 소방인력만으로 화재 진압이 신속하게 이루어질지가 관건이었다.

'큰일 났구나!' 가슴이 철렁 내려앉았지만, 아버지를 깨우러 가기 전에 일단 심호흡을 했다. 놀라게 해드리고 싶지 않아서였다. 조심스럽게 노크하고 방으로 들어가 주무시는 아버지를 살짝 흔들었다.

"아버지, 잠깐 일어나 보세요. 꼭 들으셔야 할 보고가 생겼어요. 거실에서 말씀드릴게요."

나는 이미 안 좋은 뉴스를 전달하는 방법에 대해 훈련되어 있었다. "불 났어요!"라고 말씀드리면 듣는 사람만 놀랄 뿐 해결되는 것은 없다. 이런 때일수록 더 침착해야 한다.

아버지는 좋지 않은 뉴스라는 걸 직감으로 아셨는지 심각하게 물으셨다.

"무슨 일이냐?"

"좀 전에 방글라데시 공장에 불이 났대요. 밤 9시가 지난 시간이라 다행히 공장에 사람은 없었다고 해요."

이야기를 들은 아버지는 나보다 더 차분하게 반응하셨다.

"지금 정확히 어떤 상황이지?"

"소방차가 출동하긴 했는데 화재 진압이 더디고 인력도 부족한가 봐요."

아버지는 불을 효과적으로 신속하게 끌 수 있는지 고민하시는 듯했다. 그리고 현지 직원에게 직접 지시하셨다.

"헬리콥터, 소방 헬리콥터를 수배해라. 경찰 쪽에 선이 있을 거다. 도움을 요청하고 상황을 수시로 보고해라."

나는 입이 바짝 말랐다. 더운 나라 사람들은 선선한 밤에 활동을 더 많이 하는데, 혹시 우리 공장 화재로 인해 주변에 인명 피해가 나지는 않을지 그게 가장 걱정이었다. 잠시 후 연락이 왔다. 아버지 지시대로 경찰에 연락해 조치를 취했고 소방헬기가 출동했다고 했다. 그때부터 10분 단위로 상황을 보고받았다. 소방헬기가 도착해 불길이 잦아든다는 이야기를 듣고 나서는 30분 단위로 보고받으며 세 시간 정도 전화기에 매달려 있었다. 화재는 완전히 진압됐고 인명피해도 없었다.

아침 일찍 출근한 아버지는 새로운 지시를 내리셨다.

"피해 규모 정확히 알아본 후 보험 처리하고, 공장 청소 마무리해서 새로 작업 환경 세팅하도록 하세요."

영원무역에는 어떤 위기상황에서도 반드시 지켜야 할 철칙이 있다. 위기를 극복하기까지 기간은 길어야 사흘. 어떤 천재지변에도 사흘 안에 수습을 끝낼 것.

영원무역의 철칙이 그때도 적용되었다. 다행히 건물 구조까지는 무너지지 않아 정리가 어렵지 않았다. 아침부터 화재 현장 사진을 메일로 받고 보험 처리하고, 특히 바느질 등 마감 과정에 필요한 기계들을 체크했다. 화재 현상 보고를 받을 때보다 더 숨가쁜 시간이 흘렀다.

"사고는 항상 일어날 수 있습니다. 얼마나 빨리 수습하느냐가 중요하죠. 우리 일은 약속을 기반으로 합니다. 신뢰를 잃으면 모든 걸 잃게 됩니다. 납기일에 지장 없도록 최대한 빠른 시간 안에 복구해야 하는 이유입니다."

회의 시간에 아버지가 하신 말씀이다. 핑계 대는 걸 제일 싫어하는 아버지는 피치 못할 상황을 핑계로 납기일을 늦추는 걸 용납하지 않으신다.

아버지가 가장 좋아하는 관용구는 '그럼에도 불구하고'이다. 그럼에도 불구하고, 반드시 약속을 지키는 영원이 되기를 바라신다.

'그럼에도 불구하고'를 지키기 위해 가장 애쓰는 사람은 아버지다. 솔선수범(率先垂範), 먼저 보여주고 실천하신다. 그래서 늘 바쁘셨다. 지금은 동문이나 동창 친구분들과 교류도 하지만 한창 일하실 때는 업무가 아닌 모임에는 나가지 않으셨다. 사업이 항상 먼저였다. 골프도 치지 않으셨다. 대표이사는 절대로 느긋하고 한가할 수 없다는 게 아버지 생각이었다. 그렇게 회사 일에 모든 걸 쏟되, 절대로 앞서 미리 걱정하지 않으셨다. 이 또한 아버지만의 특별한 경영 방법이다. 항상 현재에 충실해야 한다고 강조하셨다. 엄청난 속도로 변하고 있는 21세기에 장기 플랜을 세우는 것이 더 위험할 수 있다고 하셨다. 실제로 팬데믹을 겪으면서 아버지의 평소 말씀이 얼마나 넓은 안목에서 비롯된 것인지 알게 되었다.

사람들은 보통 회사에는 장기 플랜이 있어야 한다고 생각한다. 하나만 알고 둘은 몰라서 하는 말이다. 끊임없이 변하고 규제도 달라지고 강해지는데 먼 미래의 계획은 오히려 걸림돌이 될 수 있다. 진공상태에서 계획을 세워놓고 전략과 계획을 수립하는 데 공을 들이면서 많은 투자를 하는 기업들이 있다. 그러다가 급격한 변화에 대응도, 수정도 못하는 바람에 좋은 기회를 놓치는 경우를 많이 봤다. 아버지는 직원들에게도 항상 말씀하신다.

"장기 전략은 무용지물이 될 가능성이 큽니다. 현재에 가장 충실합시다. 미래 일은 예측하되 너무 앞서서 고민하지 마세요."

영원무역은 매년 성과를 초과 달성하면서 아버지의 경영방법이 옳다는 걸 증명하고 있다. 일확천금이나 잭팟을 바라지 않고 현재 우리가 하는 일에 책임감을 가지고 성실하게 해내는 것. 오늘 하루 최선을 다하고 모든 촉수를 열어 현재를 제대로 주시하라는 말씀은 경영인으로서 큰 가르침이 되었다.

밤늦게 일어난 방글라데시의 화재 수습은 일사천리로 마무리되었다. 화재가 있었음에도 불구하고 납기일을 맞춘 건 물론이다.

YPO 멤버가 되기까지

아버지와 의견이 다른 경우는 거의 없다. 회사를 사랑하는 마음, 회사의 발전을 바라는 마음에는 차이가 없으니까. 그렇다고 모든 의견이 일치하는 것은 아니다. 바라보는 시각이 같아도 생각과 판단은 사람마다 다를 수 있기에 그렇다. 영원의 회장과 대표이사가 의견이 다를 때, 대표이사는 어떻게 하는지 궁금해하는 분들이 많다.

내가 겪어본 최고의 협상 달인은 아버지다. 늘 상대의 마음을 꿰뚫고 계신 듯하다. 아버지는 줄 것은 주고 받을 것은 받아야 하는 협상에서 당연히 주어야 한다고 생각했던 것을 주지 않으면서, 받을 것이라 생각하지 못한 것까지 챙겨 오신다.

결단력과 추진력에서도 아버지를 따라갈 사람이 없다. 아버지는 어떤 사안에 대한 결정을 쉽게 내리지 않으신다. 하지만 일단 결정을 하면 바꾸는 법이 거의 없다. 아니 전혀 없다. 영원에서 일한 지 20년이 넘었지만 한번 내린 당신의 결정을 바꾸시는 걸 본 적이 없다. 딱 한 번의 예외를 빼고.

2016년, 주주총회를 통해 대표이사가 된 지 얼마 되지 않았던 때였다. 외국 '뮤지엄 그룹'의 한국 방문을 환영하는 저녁 모임에 참석하게 되었다. 뮤지엄 그룹의 이사회 멤버로 방한한 친구와 인사를 하고 이런저런 이야기를 나누고 있었다.

"대표이사직을 맡고 있구나. 어려운 자리인데 대단하네."

"직책에 대한 부담은 있지만 잘하고 싶어. 그만큼 고민이 많지."

"앞으로 더 심해질 거야. 대표이사직은 정말 외로운 자리니까. 그런데 래은, 너 YPO라고 알아?"

Young Presidents' Organization(청년 대표이사 모임)의 약자인 YPO는 일정 규모 이상의 기업에서 특정 직급 이상 책임을 맡은 경영인들이 모인 비즈니스 리더십 네트워크였다.

"비슷한 고민을 하는 사람들이 교류하면서 전문인으로, 개인적으로 서로의 성장을 도와주는 일을 하는 단체야. 혼자 고민하지 말고 YPO에 가입해보는 건 어때?"

친구는 YPO 가입을 적극 권했다. 안 그래도 혼자 고민할 일이 많아지고 감당해야 할 책임도 늘어나면서 고독과 싸워야 하는 자리라는 걸 절감하던 차였다. 친구의 제안이 반가웠다. 얼마 후 LA로 출장을 갔는데, 그 친구가 LA지역에 사는 YPO 인터내셔널 이사회 멤버와 만남을 주선해주었다.

YPO는 멤버들 위주로 운영되는 비영리단체이고, 세계 각국에 지회가 있었다. 멤버 가입은 여러 회원들의 면접을 고루 거쳐 통과해야 했다.

경영과 리더십에 대한 갈증이 있던 나는 바로 YPO 웹사이트에 들어가 원서를 접수했다. 인터뷰 과정이 시작됐는데 생각보다 많이 복잡했다. 기존 멤버 대표 한 명만 면접하면 되는 게 아니라 여러 사람을 만나 내가 과연 그 조직에 적합한지 서로 알아가는 시간을 가져야 했다.

원서 접수 얼마 후 인터뷰 일정이 잡혔다. 하는 일은 무엇인지, CEO로서 어떤 세계관을 가지고 있고, 어떤 목표를 설정하고 있는지 등 비교적 어렵지 않은 질문들로 첫 번째 인터뷰를 잘 마무리했다. 그런데 두 번째 인터뷰를 앞뒀을 때 '현타

(현실 자각 타임)'가 왔다.

바쁜 일정에 쫓기면서 해외 인터뷰 시간을 맞추는 게 쉽지 않았다. 어느 한 나라에 가서 단계별 인터뷰를 한꺼번에 하고 오는 게 아니었다. 매번 달라지는 인터뷰어를 만나러 싱가포르, 홍콩 등 다양한 도시로 가야 했다. 도저히 시간을 낼 수 없어 두 번째 인터뷰는 보류했다.

이후 정신없이 회사 일과 일정에 쫓기면서 YPO 지원 사실을 잊고 지냈다. 1년쯤 지났을까? 경영에 한 걸음 한 걸음 더 나아가고 책무기 더 무거워지면서 문득 YPO가 떠올랐다. 더 나은 리더십과 현명한 경영에 대한 갈증은 해소되지 않은 채 바쁘게만 지내던 때였다. YPO가 나에게 진짜 필요한 자원이 될 수 있을 것 같다는 희망이 생겼다.

다른 지회에 원서를 내면서 인터뷰 과정을 다시 시작했다. YPO를 알려줬던 친구가 또 도움을 줬다. 이번에는 전화 인터뷰가 포함되어 있어 처음보다 일정 조율이 수월했다. 전화 인터뷰를 하고 직접 찾아가 인터뷰를 하고 필수 이벤트에도 참석했다. 새로운 멤버가 들어오면 지회 멤버들에게 거부권이 주어지는데, 다행히 누구의 반대도 받지 않고 모든 인터뷰를 통과했다.

회장님께 사전 보고를 하고 허락을 받아야겠다는 생각이 들었다. 대표이사가 참여하는 외부 활동을 모두 상급자에게 보고하고 허락을 받아야 하는 건 아니다. 하지만 YPO 활동을 하다 보면 해외 일정이 있기도 해서, 휴가가 따로 없는 나는 회장님의 승인을 미리 받아둘 필요가 있었다.

"YPO라고 젊은 경영인들의 세계적인 모임이 있는데요. 가입할까 해요."

"젊은 사업가들이 모여서 노는 그냥 사교 모임 아니고?"

적극 찬성은 기대도 안 했지만 단칼에 안 된다고 하실 줄은 몰랐다. 나는 YPO의 장점을 열거하면서 아버지를 설득하기 시작했다.

"아니에요. 경영인으로 성장할 수 있는 프로그램이 많아요. 유수의 대학에 YPO 집중 과정이 있어서 이를 활용할 수도 있고, 재충전을 도와주는 프로그램도 많아요."

구구절절한 설명에 다시 아버지의 한마디가 꽂혔다.

"일하는 시간을 뺏는 거잖아."

이미 멤버가 되는 모든 단계를 거쳤고 이제 사인만 하면 된다는 말을 꺼낼까 말까 망설이는 사이에 다시 아버지가 한마디 하셨다.

"너한테 그런 거 할 시간이 있니?"

목구멍까지 다 나왔던 말을 그냥 삼켰다.

'이걸 어쩐다. 가입을 못하게 되면 이제까지 인터뷰해준 사람들의 시간만 낭비한 꼴이 되는데.'

경영인은 한눈을 팔면 안 된다고 생각하시는 아버지다. 한눈 파는 게 아니라고 아무리 얘기해도 설득은 쉽지 않았다.

다시 아버지의 마음을 얻을 방법을 고민해야 했다. 며칠이 지나도록 방법이 떠오르지 않았다. 그런데 뜻밖의 곳에서 해결책이 나왔다. 국내 섬유업계 회장님 중 아버지가 가장 존경하는 후배 회장님이 YPO 멤버였다는 사실을 알게 되었다. 사정을 말씀드렸더니 아버지와 함께 참석하는 행사 자리에서 나를 거드는 말씀을 해주셨다.

"회장님, YPO는 사교를 목적으로 하는 단체가 아닙니다. 성 사장이 더 발전하고 성장하는 기회가 될 거예요."

아버지는 아무 말씀 없이 빙그레 웃기만 하면서 슬쩍 나를 바라보셨다. 아버지 눈빛은 이러했다.

'내가 모를 줄 알지. 네가 섭외한 거?'

모든 걸 꿰뚫어보는 아버지의 눈빛. 나는 그 눈빛에 또 다른 방법을 모색해야 했다.

아버지가 국제섬유생산자연맹(ITMF)의 차기 회장으로 선출되시던 날이었다. 아버지의 선출 축하와 업무차 현 회장인 케냐의 제스 베디 회장님이 서울에 오셨다. 두 분과 함께한 식사 자리에서 다시 YPO 이야기를 꺼냈다. 현직 그리고 차기 국제섬유생산자연맹 회장님 앞에서 국제 섬유산업 발전을 위한 YPO의 의미와 역할 등에 대해 말씀드리고 싶었다.

"저 얼마 전에 싱가포르에 다녀왔어요. 인터뷰가 있어서 갔었습니다."

내 말은 이렇게 시작되었다.

"무슨 인터뷰였는데요?"

제프 베디 회장님이 질문하셨다.

"YPO 인터뷰였습니다. 인터뷰는 다 끝났고, 모든 절차도 마무리되어 마지막 결정만 하면 됩니다."라고 말씀드리고, 잠시 숨을 고른 후 "아직 빅보스 허락을 못 받았습니다."라고 말했다.

아버지 눈치를 살피는데, 이번에도 미소뿐이었다. '이제 YPO는 아닌 거구나. 인터뷰 때 만났던 분들에게 일일이 연락해서 사과드려야겠네.'

순간 제프 베디 회장님이 말씀하셨다.

"YPO? 내가 아주 오래 전부터 YPO멤버인데….."

제프 베디 회장님의 한마디로 갑자기 분위기가 바뀌었다. 그때부터는 베디 회장님이 아버지를 설득하기 시작했다.

"정말 배우는 게 많고, 소그룹 모임을 통해 많이 성장할 수 있어요. 저도 10년 넘게 회원인데, 지금도 많은 도움을 받고 있어요. 성 회장님, 성 사장이 좋은 기회를 얻은 것 같네요."

내 말에는 미소만 보여주실 뿐 미동도 안 하셨던 아버지가 제프 베디 회장님 말씀을 들으시고는, 적극 찬성은 아니었지만 YPO 멤버가 되는 것을 승인해주셨다. 이런 우여곡절 끝에 2018년 5월부터 나는 YPO 멤버가 되어 활동하고 있다.

직원의 자기계발과 성장을 향한 노력은 회사를 위해서가 아니다. 회사 내에서는 물론 회사를 떠나 어디를 가더라도 스스로 자신이 원하는 능력을 가진 사람으로 자리매김하기 위해서다. 자기 성장을 원한다면 자신에게 아낌없이 투자할 필요가 있다. 회사에 대한 기여는 그로 인한 결과인 것이고.

대표이사는 자기 자신보다 회사를 위해 부단히 자기계발을 해야 한다. 대표로서 회사의 모든 업무를 책임지는 사람이니 회사를 위해 최선의 결정을 내릴 수 있도록 급변하는 업계와 시장 동향에 항상 눈과 귀를 열어두어야 한다. 실무는 물론

학계 이론에도 밝아야 하고 더 스마트해져야 한다. 배움은 계속돼야 하고 어떤 경우에도 멈추지 말아야 한다.

YPO는 이러한 목적에 잘 부합하는 모임이었다. 전 세계 다양한 업종의 유수 기업 리더들이 모여 경제 현안과 업계 동향에 관한 정보를 교환하고 각자 가진 애로점들을 솔직하게 토로한다. 총회 같은 공식 모임이 있고, 출장길에 일정을 조정해서 만나는 비공식 모임도 있다. 공식, 비공식 모든 모임에서 허물없이 서로의 고민을 말하고 조언을 구한다. 일에만 매달리다 보니 고민을 얘기할 곳이 없었고, 쉽게 고민을 말하다 보면 안 해도 되는 말까지 나올지 몰라 일부러 사람을 피하던 나에게 YPO는 꼭 필요했고 도움이 되는 모임이었다.

재미있는 일은 요즘 아버지가 외국 출장에서 현지 YPO멤버들의 도움을 받곤 하신다는 사실이다. 세계 각국에 멤버가 있으니 어디를 가든 그곳의 젊은 경영인을 꼭 만나고 오신다. 이제 아버지는 마지못해서가 아닌 확실하고 강력하게 YPO를 지지해주신다. 변함없는 건 단체의 이름을 아직도 기억해주지 않으신다는 점.

"거기 이름이 뭐라고 했지? 그 와이 있잖냐."

더 깊고 넓은 우물을 위해

시대의 흐름에 따라 부침이 없었던 것은 아니지만 섬유업은 상당히 안정적인 업종이다. 의식주의 맨 앞 '의'를 책임지는 업종이니만큼 절대로 사라지지 않을 산업인 건 분명하다. 아버지가 한눈 팔지 말고 업에 집중하라고 강조하신 것도 이런 이유일 것이다.

아버지는 시장이 사라지지 않을 아주 기본적인 아이템으로 사업을 하면서 이쪽저쪽 곁눈질하며 다른 시장을 넘보는 걸 달가워하지 않으셨다. 우리에게 큰 우물이 있으니 그 우물을 더 깊게 파서 깨끗하고 신선한 물이 넘치도록 하는 게 우리의 일이라고 생각하셨다.

전적으로 동의한다. 우리는 매 시즌을 준비해야 하기에 쳇 바퀴 돌 듯 계속 달려야 한다. 하나의 아이템으로 오래도록 시장을 움직이는 게 아니라 매년 매 분기에 맞춰 일을 진행한 다. 신문이나 잡지를 발행하듯 마감하면 쉴 틈 없이 다시 다 음 시즌을 준비해야 한다. 사정이 이러니 오롯이 집중하지 않 으면 살아남을 수 없다.

그럼에도 불구하고 내일 어떤 일이 벌어질지 모르는 상황 에서 지금까지 해온 성장과는 다른 방법을 모색하는 것이 나 의 일이라고 생각했다. 주변의 2세, 3세 경영인들 모두 비슷 한 고민을 하고 있었고, 발 빠른 이들은 이미 다양한 방법으 로 새 우물 착공에 들어가곤 했다. 우리 회사 또한 '다른 우물 을 파느라 내 우물을 팽개치는 게 아니라 우리 우물을 더 넓 고 크게 만들어줄 새로운 우물을 발굴해야 하지 않을까?' 하 는 고민을 오랫동안 해왔다.

다양한 방법을 고민하던 중, 스타트업 창립자나 벤처기업 경영진을 만날 기회가 있었다. 49년 된 회사의 임원인 나와는 다른 비전과 에너지에 좋은 영향을 받았다. 그들의 신선하고 창의적인 생각들이 현실에 구현됐을 때 세상이 조금 더 좋아질 것 같았다. 사회에 필요한 귀한 씨앗이라고 생각하니 그들에게 투자해보고 싶었다.

회의 때나 담소 자리에서 아버지께 관련 내용을 화제로 꺼냈다. 우리 회사도 CVC(Corporate Venture Capital; 기업형 벤처캐피털. 회사가 재무적 이익과 전략적 목적을 가지고 벤처기업체에 투자하기 위해 출자한 벤처캐피털. 창업기업에 자금을 투자하고 모기업의 인프라를 제공해서 창업기업이 성장기반을 마련하도록 지원한다. 모기업의 사업 포트폴리오에 보탬이 되도록 투자 포트폴리오를 짠다.) 투자를 하면 좋겠다는 의사를 말씀드렸다. 아버지의 의견은 부정적이셨다. 수익률을 쫓으며 과시할 생각으로 일을 벌이지 말라고 당부하셨다. 일을 쫓아야지 돈을 쫓아선 안 된다는 집안의 가르침이 이번에도 적용되었다.

겉멋으로 시작하려는 게 아니라고 진심으로 설득했다. 단순한 수익률을 위한 투자가 아니라 자본과 경험을 필요로 하는 반짝이는 젊은 기업들과 각자 가지고 있는 것을 나누면서 상호보완 관계로 성장하는 것이라고 설명드렸다.

아버지를 거의 설득해갈 즈음 CVC 투자에 적합한 인물을 소개받았다. 그분과 함께 우리 회사의 투자 미션과 비전, 가치 등을 자세히 담은 보고서를 만들어 아버지께 차분히 말씀드렸다. 미래 성장 동력을 찾기 위한 일이라는 점을 확실히 못 박고, 우리 업과 동떨어지지 않은 연관성 있는 분야에 투자할 것이라고 강조했다. 아버지는 마음을 다 열어주지는 않으셨지만, 결국 CVC 투자 진행을 허락해주셨다. "한눈 팔면 안 된다."는 말씀을 덧붙이시면서.

이후 제법 긴 시간 동안 투자 철학과 타깃 업종을 정교히 세팅하고 출자받고자 하는 펀드 금액을 이사회에 올렸다. 사실 그동안 시설과 설비에 꾸준히 투자해왔고, 현재 사업 내용의 확장에 관련된 투자도 지속했지만, 소프트 파워에 투자하는 건 처음이었다. 이사회에서는 자산 취득 목적이 아니라 철저하게 미래 비전과 지속가능한 성장을 위한 방향으로 나아갈 것이며, 변화하는 시대에 새로운 네트워킹을 다지는 데도 도움이 될 거라는 취지의 발언을 했다. 회장님은 그제야 만족스럽게 고개를 끄덕이셨다. 세계가 움직이고 있는 이때 영원도 새로운 세상에 발을 내딛은 것이다.

어떤 일을 성사시킬 때마다 깨닫지만 아버지는 무턱대고 반대하는 분이 아니다. 그래서 아버지의 반대에는 항상 긴장한다. 잘 발효되어 최상인 아버지의 경험과 지혜는 지금의 내가 결코 따라갈 수 없는 부분이다.

아버지가 반대하는 사안에는 우려되는 점을 최대한 해소하려고 노력한다. 회사에 왜 좋은지, 어떤 도움이 되는지 차근차근 설명드리면 경청하신 후 판단하신다. CVC 투자처럼 납득하시는 경우도 있고 아닐 때도 있다. 지금 세대의 상황을 이해하고 동의해주시는 경우가 훨씬 많다. 가끔 투자 건으로 상의를 드리는데 아버지가 안될 것 같다고 하신 일은 결국 시장에서 살아남지 못했다.

CVC 투자를 하면서 좋은 건 번뜩이는 아이디어로 사회를 변화시킬 생각을 하는 젊은 사업가들과 50년간 사업을 해온 아버지의 지혜를 한데 모을 수 있다는 점이다. 이제부터 새로운 과업이 시작되었다.

어여쁜 인사, 어여쁜 마음

아버지가 편지 봉투 하나를 건네주셨다. 할머니가 돌아가신 후 집 정리를 하다가 발견했다고 하셨다. 내가 미국에서 공부할 때 할머니가 쓰신 편지인데 미처 부치지 못하고 보관하신 듯했다. 뒤늦게 받은 할머니의 편지는 손녀를 생각하는 따뜻함이 가득했다. 금방이라도 바스라질 것 같은 얇고 오래된 편지지를 곱게 펴서 정성스럽게 액자에 넣었다. 오래 볼 수 있도록.

편지는 '어엿쁜 내은에게'로 시작했다. 할머니는 늘 나를 '래은'이 아닌 '내은'으로 부르셨다. 할머니가 "내은아!" 하고 불러주시면 왠지 할머니와 나만의 특별한 애칭이 생긴 것 같

아 좋았다. 밥은 잘 먹고 있느냐, 몸조심해라, 어려운 공부지
만 열심히 해서 세상에 이로운 사람이 되어라, 어디서든 동방
예의지국에서 왔다는 걸 잊지 말아라, 너는 나의 자랑이다, 사
랑한다는 내용도 정말 좋았지만 첫 번째 줄에 단정하게 쓰신
일곱 글자, 어 엿 쁜 내 은 에 게.

　액자 속 할머니의 편지를 보며 첫 줄을 읽을 때마다 내가 정
말 어여쁜 사람이 된 것 같아 행복해진다. 할머니는 친손주와
외손주를 합쳐 열두 명의 손주를 두셨는데, 모두에게 똑같이
다정하셨다. 만나면 가장 먼저 '우리 예쁜 누구야'라고 하시
며 하나밖에 없는 손주 대하듯 반갑게 맞아주셨다. 각자가 좋
아하는 음식을 기억했다가 명절 때마다 챙겨주신 것도 할머
니셨다. "내은아, 감주 해놨어. 어서 먹어." 오랜만에 들른 할
머니 댁에서 너무 달지도 싱겁지도 않은 내 입맛에 딱 맞는
감주를 먹을 때의 행복이란!

　할머니는 11남매 중 맏이셨다. 할머니 동생인 정란희 이모
할머니께서 쓰신 책《란희 올림》을 보면 우리 할머니가 어떤
분인지 잘 표현되어 있다. 작은 이모할머니는 동화《아낌없이
주는 나무》를 빗대 우리 할머니를 '아낌없이 주는 정원'이라
고 하셨다. 11남매의 장녀로 어린 동생들을 돌보다가 열여섯

살에 시집왔다는 할머니는, 창녕 부잣집 외아들인 인텔리 할아버지가 농촌계몽운동을 하며 똥지게까지 지고 농사일을 하는 걸 군말 없이 도우셨다. 4남 2녀 자식들도 훌륭히 키우셨고, 친정 동생들과 6촌 시동생들까지 먹이고 재우며 학교에 보냈다. 할아버지는 주변 이웃과 세상을 위해, 할머니는 집안의 가족들을 위해, 두 분은 안팎으로 베푸는 삶을 사셨다. 그리고 할머니를 거쳐간 많은 사람에게 항상 다정하게 인사를 건네고 대화하셨다. 햇살처럼 따뜻했던 할머니의 말 한마디는 늘 힘이 되었다.

할머니의 손녀로 자라면서 보고 배운 덕분인지 나는 말의 힘을 믿는 사람이다. 말하는 대로, 마음가짐도 행동도 달라진다고 생각한다. 내가 직원들에게 절대 쓰지 않는 말이 있는데, 바로 '고생 많았다'라는 말이다. 고생했다고 하면 왠지 정말 고생스럽게 하루를 보낸 것 같은 느낌이 든다. 나는 괜찮은데 누군가 "피곤해 보여요." 하면 갑자기 정말 피곤하게 느껴지는 것처럼. 매일을 열심히 행복하게 살아야 하는데 그 매일이 고생으로 가득 차 있다면 얼마나 불행한 일인가. 어차피 인생을 살아간다는 게 고통인데, 말이라도 그렇게 하지 말자 싶어서 나의 말 사전에서 '고생'이란 단어를 없애버렸다. 대신 "수고했어요, 애 많이 썼어요."라고 이야기한다.

어떤 말을 할 때는 상대가 스스로의 노력을 폄하하지 않도록 조심하려고 한다. 여전히 훈련 중이고 가끔은 실수하지만, 되도록이면 존재를 긍정하고 힘이 나게 북돋우려는 편이다. 이런 일환으로 반드시 지키는 것이 인사다. 메시지든 전화든 무조건 굿모닝, 굿데이, 좋은 아침을 빼놓지 않는다. 이것만큼은 직원들에게도 권하고 있다. 굿모닝, 좋은 아침, 얼마나 좋은 말인가. 잘 잤느냐, 밤새 별일 없었느냐, 새로운 오늘이 당신에게 좋은 하루이길 바란다는 안부와 격려가 그 짧은 인사에 담겨 있다.

"바로 용건으로 들어가지 말아요, 우리 모두 인사하고 시작합시다!"

처음엔 쑥스러워하던 직원들도 이젠 자연스럽게 인사로 시작한다. "굿모닝입니다. 좋은 아침이에요." 나는 신이 나서 몇 마디를 덧붙여 인사를 건넨다. "베리베리 굿모닝입니다."

"말 한마디로 천 냥 빚을 갚는다."고 했다. 이 말은 말 한마디로 천 냥 빚을 질 수 있다는 의미이기도 하다. 리더에게 말은 정말 중요하다. 할머니가 다정한 말로 대가족을 평화롭게 이끌었던 것처럼 말이다. 여느 현대인들과 다르지 않게 우리 직원과 임원들은 모두 전쟁 같은 하루를 보낸다. 지치고 힘든 매일의 삶 속에 따뜻한 말 한마디가 얼마나 큰 위로가 되는지 잘 알고 있다. '어엿쁜 내은이에게'를 볼 때마다 어여뻐지는 걸 느끼는 나는 직원들에게 "축복하고 사랑해요."라는 말을 자주 쓴다. 나 또한 영원 패밀리에게 축복과 사랑을 듬뿍 받고 있다.

지금 메시지 창을 열면 온통 축복과 사랑의 말이 가득하다. 가끔 일이 힘들고 앞이 보이지 않을 때 그 창을 열고 들여다본다. 나에게 힘이 되는 영원 가족의 어여쁜 말들을.

마치며

영원의 영원한 항해를 위하여

앞서 밝힌 바와 같이 나는 운명론사는 아니지만 인간의 힘으로 어쩔 수 없는 일이 있음을 안다. 공장집 딸로 태어나 초등학교 졸업 직후 만 열세 살의 나이에 유학을 갔고, 내가 할 수 있는 최선을 다해 전 세계에서 모인 쟁쟁한 아이들과의 경쟁에서 우수한 성적으로 이겨냈다. 영원의 새내기로 들어와 공장 화장실 청소 같은 궂은일부터 시작했다. 밀려드는 서류를 밤새워 읽고 고민하면서 업무에 임했다. 하루에도 수십 번 진행하는 회의와 1년에 반 이상 나가는 해외출장은 매 순간 전쟁에 임하는 야전병의 심정 그 자체였다. 내가 지금까지 걸어온 과정, 지금 서 있는 이 자리 그리고 앞으로 내가 해야 할 모든 일을 기꺼이 받아들이고 당당하게 헤쳐가야 한다.

CEO의 생활이 화려할 거라 짐작하는 사람들이 많지만, 그
건 멀리서 보기 때문이다. CEO는 외로운 자리다. 화려하게
보이는 그 이면은 훨씬 어둡고 고독하다. 나보다 회사가 우선
이고 내 자신보다 주주와 직원을 더 우선으로 생각해야 한다.
CEO가 가장 많이 하는 고민은 나 이후를 위한 준비다. 회사
에서 가장 중요한 지속가능성, 거버넌스(Governance)를 제대
로 이끌어나가기 위해 항상 염두에 두는 일이다.

하나님은 내게 어려운 과업을 주셨다. 너무 힘들어 그만하
고 싶은 마음이 든 게 한두 번이 아님을 고백한다. 무책임해
서가 절대 아니다. 대표이사라는 자리의 무게가 무겁고 고통
스러워 소리 내서 운 적도 있다. 하지만 일어났다. 그리고 나
아갔다. 내 삶이 다하는 날까지 나는 내게 주어진 소임을 다
할 것이다.

내게 어려운 숙제를 주신 하나님은 길을 함께 걸어갈 동료
들을 보내주셨다. 고비에 처할 때마다 내 부족함을 채우고 더
나은 방향으로 나아갈 수 있도록 손을 잡아 이끌어주는 멘토
를 보내주셨다. 이들과의 인연으로 어떤 역경도 현명하게 대

처하고 이겨낼 수 있었다.

모든 사람의 삶은 유한하고 나 또한 예외가 아니다. 그러나 회사의 생은 무한 가능하다. 아니 무한해야 한다. 계속해서 좋은 CEO를 만나 잘 운영돼야 하고, 오래도록 존재하고 번영해야 한다. 지금 이 순간에도 수많은 기업이 만들어지고 사라지지만, 영원히 존재하고 거듭 발전하는 기업도 가능하다고 믿는다.

오너십이 필요하다. 내가 오너의 딸이라서 하는 말이 아니다. 오너십이 있는 회사와 그렇지 않은 회사는 지속가능성 면에서 차이가 매우 크다. 회사는 창업자가 자기 피와 땀, 뼈까지 모든 것을 갈아 넣고 키운 존재다. 그런 창업자가 자신의 뒤를 이을 CEO를 결정할 때는 창업자의 철학을 제대로 구현하고 회사를 더욱 발전시킬 사람을 고심하게 된다. 자신의 모든 것을 쏟아붓고 회사가 대대손손 번성할 수 있도록 노력하는 CEO와 단기적으로 성과만 잘 내면 된다고 생각하는 CEO. 과연 어느 쪽이 회사를 위해 진정으로 필요한 CEO일까? 영원의 선택은 전자다.

창업자에게 기업은 자기 분신이다. 그리고 오너십은 창업자의 가치관이고 인생 철학이다.

우리나라뿐 아니라 다른 나라에서도 2세, 3세들이 사회적 물의를 일으키는 경우가 종종 있다. 무책임하고 미숙한 판단으로 오랫동안 쌓아온 회사의 가치와 이미지를 한순간에 무너뜨리기도 한다. 전문경영인에게 맡겨야 한다는 주장이 나오는 이유다.

소유와 경영의 분리를 말하지만, 이를 법으로 정한 나라는 없다. 기업의 지배구조는 오너가 직간접적으로 경영에 참여하는 오너 경영과 소유와 경영이 분리된 전문 경영으로 나뉜다.

오너 경영은 기업을 경영하는 최고경영자가 기업 소유주인 경우를 말하며, '소유 경영'이라고도 부른다. '소유 경영'은 오너가 확고한 주인의식을 바탕으로 강력한 리더십을 가지고 과감한 결정을 내릴 수 있다. 장기적인 안목을 가지고 일관된 방향으로 기업을 이끌 수 있다는 장점도 있다. 이외에도 계열사 간 의견 조율이 쉽고 신속하게 경영 전략을 세워 성장 분야에 대한 과감한 투자가 가능하다.

이재용 삼성전자 회장이 전자장비 업체 하만을 인수한 것이 그 예라고 할 수 있다. 이 회장의 하만 인수 결정은 향후 전기

차 시대가 도래했을 때 자동차가 커다란 스마트 기기화 될 수 있다는 데 기반을 둔다. 삼성전자는 9조 3천억 원 규모로 하만 인수를 마무리했다. 전문 경영인 체제라면 아무리 성공이 보장된 사업이라고 해도 9조 3천억 원이라는 막대한 금액의 투자 결정은 쉽게 내리지 못할 일이다.

정몽구 현대자동차 회장이 2005년 이후 전 세계로 공장을 늘리는 결정을 한 것도 오너 경영이기에 가능했다. 현대차그룹이 사업 및 지배구조 개편 방안을 발표하고 현대모비스, 현대글로비스 분할합병, 지배구조 개편 차원의 그룹사와 대주주간 지분 매입, 매각을 통한 순환출자 완전 해소를 추진하기로 한 것도 오너 경영이 아니었으면 불가능했을 것이다.

'전문 경영'에서는 경영 능력을 검증받은 경영인이 CEO가 되어 회사 경영을 책임진다. 전문 경영인 제도를 도입한 기업들은 기업 구조가 개방돼 투명해진다는 장점이 있다. 하지만 단기적인 성과에만 치우쳐 회사의 장기 성장에 부정적인 결정을 내리는 경우가 많다. 책임 회피를 위해 기업에 위기가 닥쳐도 신속하고 과감한 결정을 내리지 못한다. 미국의 경우, 금융위기로 회사 사정이 급속도로 악화되고 있는 상황에서도 경영진들이 지나치게 많은 연봉을 챙기거나 스톡옵션을 받는 도덕적 해이가 발생하기도 했다.

소유 경영과 전문 경영 중 어느 쪽이 더 나은지, 더 바람직한지에 대해서는 단언하기 어렵다. 영원은 전자를 선택했다. 만일 전문 경영 방식을 도입하더라도 대표이사에게 오너십이 있는지 여부를 반드시 확인할 것이다. 창업자의 경영철학을 정확하게 알고 이해하고 동의하는지, 회사 경영에서 창업자의 철학을 매 순간 반영한다는 결의가 서 있는지, 더불어 영원을 위해 뼈와 살을 갈아 넣겠다는 각오가 되어 있는지, 제대로 확인하는 절차를 거치고 확약을 받을 것이다.

많은 2세, 3세들이 부모 회사를 물려받지 않고 경영을 포기하는 이유는 진정한 오너십에 의한 기업경영이 쉽지 않기 때문이다. 그래서 매물로 나온 국내외 회사들이 적지 않다. 어떤 곳은 부모가 자식이 자신처럼 고된 삶을 사는 걸 원치 않아서, 어떤 곳은 자식이 스스로 원하는 삶을 살기 위해 고사하기도 한다. CEO는 창업자의 자식이라는 이유로 누구나 되는 것은 아니다. 자식이라는 이유로 할 수 있는 자리도 아니다.

소유 경영은 개인 지배주주가 본인의 이익을 기업가치보다 우선시할 때 문제가 발생한다. 이와 관련해서 아버지가 항상 강조하고 실천해오신, 나 역시 100퍼센트 동의하고 철저히 따르고 있는 경영원칙을 다시 적는다.

공(公)과 사(私)를 철저히 구분하고 대표이사는 항상 공을 사에 우선하라.

맨주먹으로 영원을 만들어 오늘의 영원으로 키운 아버지는 고단한 삶을 기꺼이 짊어지셨다. 이제는 내가 그 짐을 아버지와 함께 나눠 지고 있다. 거목인 아버지에 비하면 나는 막 자라나는 묘목에 불과하지만 뿌리를 굳고 깊게 내리며 성장하고 있다. 나도 언젠가 내 뒤를 이어 영원의 대표이사가 될 사람에게 아버지가 내게 해주신 것처럼 든든한 버팀목이 되어줄 생각이다. 영원의 CEO 자리는 모든 사람에게 열려 있다. 앞에서 말한 오너십을 갖춘 전문 경영인이라면 당연히 그 자리에 앉아 영원의 선장이 되어 영원의 영원한 항해를 이어갈 것이다.

내가 늘 명심하고, 언제나 가슴에 새기면서 가장 좋아하는 우리 집안의 가르침, 경근일신. 그중에서도 '일을 공경하라'는 뜻의 '경근(敬勤)'이라는 말이 정말 좋다. 일이 있고 일을 해서 행복하다. 고통도 성과도 함께 나누는 영원 가족이 있다는 것도 축복이다. 일이 있고 사람이 있는 사람이 가장 부자라고 생각한다.

아버지는 부자다. 마음이 특히 부자다. 안쓰러운 사람을 지나치지 못하고 직원들의 작은 사정에도 귀 기울이신다. 돈을 벌기 위해 일하는 게 아니라 일을 공경하니 돈이 따랐다.

내가 아버지처럼 일을 공경하는 이유는 그 일로 인해 더 많은 사람이 편안한 삶을 누릴 수 있어서다. "세상에 이로우면서 가장 경제적인 것은 진실되게 일하는 것"이라는 아버지의 말씀을 매일 새긴다.

내 삶을 다할 때까지 나도 아버지처럼 마음 부자가 되리라고 다짐한다.

"여러분! 모두 부~자 되세요!"

영원한 수업

1판 1쇄 발행 2023년 6월 1일

지은이 · 성래은
펴낸이 · 주연선

(주)은행나무
04035 서울특별시 마포구 양화로11길 54
전화 · 02)3143-0651~3 | 팩스 · 02)3143-0654
신고번호 · 제 1997—000168호(1997. 12. 12)
www.ehbook.co.kr
ehbook@ehbook.co.kr

ISBN 979-11-6737-290-1 (03810)